中公文庫

ダヤン、わちふぃーるどへ

わちふぃーるど物語

池田あきこ

中央公論新社

本文エッチング　池田あきこ
銅版刷り　加藤史郎版画工房
DTP　ハンズ・ミケ

ダヤン、わちふぃーるどへ

わちふぃーるど物語1

ダヤン、わちふぃーるどへ　目次

第三部　ダヤン、はじめての冒険

第一部　猫のダヤン

ダヤン、生まれる

風の妙に強い晩でした。昼間のおだやかな天気とはうらはらに、夕方から吹きはじめた風は夜ふけとともに勢いを増して、木々の梢《こずえ》は荒れ狂う波のように、リーマちゃんの部屋の窓めがけてゴワッゴワッと打ち寄せてきました。
「海は荒れもよう。どうやら海賊《かいぞく》たちにとりかこまれたようね」

今年で十一歳になるリーマちゃんは、退屈というものを知らない子どもでした。

本を読むのも大好きでしたし、ことに空想の中で自分が本の中に入っていったり、本から持ちかえったものを、都合に合わせてとりだしたりする術《すべ》にとてもたけていたのです。それは、リーマちゃんが一人っ子だったせいかもしれませんし、生まれつきそういう子どもだということなのかもしれません。

ついさっき、ベッドに入るまでリーマちゃんは『ピーターパン』を読んでいました。

「ようし。それならば、天窓から外に出て敵の意表を突くことにしましょう」

リーマちゃんはあれこれと戦法を検討しながら、寝心地をよくするためにベッドの中でもぞもぞと動きました。

「緑のシャツを着て、柔らかいブーツを履《は》かなくちゃね。それと、トムを連れていきましょう。あのこは身が軽いから」

リーマちゃん自身はあまり体操が得意ではなく、どうも動きにいっぴょうしずれたところがあるのですが、そこは空想の都合のいいところです。リーマちゃんは、たんすをするするとよじ登ると、天窓をこじあけて、身も軽々と屋根に飛び上がりました。

あたりは一面大海原……。おや？　トムがいません。と思ったら、トムのやつ早くも海で溺《おぼ》れているじゃありませんか。

「ミギャー、ミギャー」ほんとうに溺れているようなトムの鳴き声で、リーマちゃんはベッドから飛び起きました。

そうそう、うっかりしていました。トムはお腹が大きくて、今にも赤ちゃんが生まれそうだったのです。

ニャー、ニャー。

トムははっきり区切ったように鳴きながら、リーマちゃんの顔を訴えるようにみつめました。

「わあ、大変。うまれるの！　ちょっと待って」

リーマちゃんは裸足《はだし》で部屋を飛びだすと、階段をかけおりていきました。

「パパ早く！　トムに、赤ちゃんが生まれる！」

洗面所で歯を磨いていたジョン・ケントスさんは、急いで口をゆすぐと、「ママを起こしておいで。それとね、ぼろがたくさんいるな」と言いながら、もう引き出しを開けて古タオルを何枚か引っぱりだしました。

「だいじょうぶ、だいじょうぶ。トムは自分のやることをよく分かっているよ」

いざとなると、ほんとうにパパって頼りになります。それにひきかえ、ママはあわてもので、もうじきお母さんになろうとしている猫に、トムなんて名前をつけたのもママなのです。

「せめてトーマにしておけばよかったのに」トムがメス猫と判明してから（それも、今回トムが妊娠《にんしん》するまでずっと、家族の者はトムはオス猫だとばっかり思っていました）リーマちゃんはうらめしげにママにそう言って、しばらくはトムをトーマに変える運動をしてみました。けれども、パパもママも非協力的ですし、かんじんのトムが「トーマ」と呼んでもいっこうに振りむこうとしません。

「だめだよ、リーマ。名前ってものは付けてしばらくすると、ぴったり貼りついちゃうんだから。トムって名前も、もうトムの一部なのさ。おまえだっていまさらマリーなんて呼ばれたら困るだろう？」パパにそう言われてみると、それはその通りです。

「さあ、トムがんばれ！」

「がんばって！」パパとママは、かわりばんこにトムのお腹をさすっています。

お産のとき、人間を嫌がる猫もいるようですが、トムは人間が手助けするのは当たり前と考えているようで、手を休めるとニャアと鳴いて催促《さいそく》します。

目を丸くしてトムを見つめていたリーマちゃんは、あんまりトムがハアハアするので、思わずこぶしをにぎりしめて、トムと一緒に力《りき》みました。

外はいつの間にか、ザアザアとどしゃぶりの雨になっています。

ビカァーッとすごい稲光が走った瞬間、スルリと子猫が生まれました。

「七月七日、十一時ちょうど」時間を確認するのがくせのジョンは、パジャマのポケットから懐中《かいちゅう》時計《どけい》を引っぱりだして、そう宣言しました。

薄い膜《まく》に包まれた子猫を、トムはなめてなめてなめまわし、へその緒が切れると、子猫ははじめてミャアと鳴きました。

それから一時間ほどの間に、子猫がもう二匹生まれました。

生まれたばかりの子猫は、目を力いっぱいぎゅうっとつむり、耳は顔に貼りついて、新しい環境にそなえて、内なる守りを固めているかのように見えます。

いちばん初めに生まれた子猫は、黄茶がところどころに入ったグレイのしま猫で、二番目は茶色のとらしま、三番目はトムと同じような三毛猫でした。

「かわいいね」

「なんて名前にしましょう」

「ちょっと待った」ジョンは子猫をひょいとつまみあげて、手のひらにのせました。

「トム、ちょっと借りるよ。またママが女の子にベンジャミンなんて付けかねないからね」ジョンはそうっと子猫の後ろ足の間をのぞきこむと、がっかりしたように言いました。

「あれれ、みーんな男の子だよ」

「ねっ。一番初めの子はダヤンよ」リーマちゃんがきっぱり言ったので、パパもママもちょっとびっくりしてしまいました。

「あら、早いわね。もう決めていたの？」「どうしてなんだい？」

「どうしてかわかんないけど、さっき稲光が光ったとき『ダヤン』っていう声が聞こえたの」

「へえ、稲妻が名付け親か。それもいいね。じゃあ、ダヤンに決まりだな」

「あとの二匹は？」

「まったく聞こえなかったわ」リーマちゃんがまじめくさってそう言うので、ジョンとサラはおかしそうに顔を見合わせました。

「ジュダはどう？」「カシスはどうかしら」

ジョンとサラが同時に言いだして、一番目がジュダ、二番目がカシスに決まりました。

「さあ、今夜はもう寝ようや。子猫たちも寝なきゃね」

「トム、おつかれさま」「リーマもおやすみ」パパとママが出ていくと、リーマちゃんはそっとダヤンに言いました。

「ダヤン、おやすみ。きっとあんたは特別な猫よ。だって、風も雨も稲妻も、みーんなあんたの生まれるのを見にきたんだもん」

三匹の子猫

はじめのうち、三匹の子猫の宇宙はお母さんのお腹の下でした。

一日中眠っては、なめてもらっておっぱいを飲む、うらやましいような暮らしぶりです。

なめるということはおしりをきれいにするだけでなく、お腹の動きを活発にして消化を助けるという役割ももっています。人間の赤ちゃんはお腹が空いたり、おしめがぬれたりすると、泣いてお母さんに知らせます。けれども、猫の赤ちゃんはそれさえすることもなく、お母さんのお腹の下にさえいれば、なにもかも事足《ことた》りてしまうのです。一生のはじまりとして、これほどいい場所はまたとないでしょう。

そしてもちろんそれは、お母さん猫がいてこその話です。

ダヤン、ジュダ、カシスの三匹の兄弟は、お母さんのトムが一日中なめてくれていたので、それはそれはふかふかの、毛糸だまのような子猫に育っていきました。けれどもトムはどうもダヤンが気がかりでなりません。弟たちに比べるとやせていますし、おっぱいの飲み方がとてもへたなのです。

「さあ、もっとおっぱいを飲んで」トムはよじ登ってくるダヤンを、お腹の下側へと押しやりました。

いったいにお腹の下側のほうがおっぱいの出がよいのですが、そこは常にジュダとカシスに占領されていて、ダヤンはしじゅう自分の乳首をさがして、お母さんのまわりをうろつきまわっているのです。

トムがケントス家に住みついてから、そのままそこがトムの家でしたが、子猫が生まれて専用の家をかまえることになりました。

家はダンボールでできていて、片側の上半分が出入り口として開いています。そして、敷物をかえたりするとき便利なように、屋根は取りはずせるようになっています。

「この家、つまらないわ。せまいし暗いし、トム、かわいそうじゃない」

リーマちゃんは、実にかわいらしい調度品のついた、格好の大きさの人形の家を持っていましたので、気前よくそれを提供しようと申し出ました。

ところがパパのジョンは、あっさりとことわりました。

「だめだめ、リーマ」とパパは言いました。「これじゃあ子猫が玄関から出ていっちゃうし、だいいち、トムは小さなフライパンなんかいらないんだ。猫は狭いほうが落ち着くし、暗いと安心するよ。猫の家は猫に聞けって言うだろ?」

「トムはきっと、もう少しきれいな家がいいって言うと思うわ」

「まったく。リーマ、パパは忙しいんだぞ」

リーベントヒルの銀行に勤めているジョンは、仕事も忙しいのですが、家でも実にこまめに働くたちで、トムの家もあっという間にこしらえてしまいました。

そして仕上げにパパは、いろいろな葉っぱが組み合わさった柄の、きれいな緑色の

布をダンボールの上に貼ってくれました。

「わあ、きれい」リーマちゃんは、すっかり満足して言いました。

「あら、まるでジャングルのなかの虎の親子みたいだわ」できあがったダンボールの家に落ち着いたトムたちをのぞきこんだサラも、感心してこう言いました。


目が開くようになると、三匹の子猫はお母さんのお腹の下から這《は》いだして、玄関をよじ登り広い世間に出ていくようになりました。といっても、まだまだケントス家の居間の中だけですが、敷きつめられた絨毯《じゅうたん》は草原のようですし、窓辺に並んだ観葉植物は本物のジャングルのようでした。三匹は、ほふく前進で絨毯の上を進み、サラのスリッパを見つけました。赤いギンガムチェックのスリッパはすこしくたびれてはいましたが、はじめての獲物《えもの》を見つけた子猫たちはすぐに攻撃態勢に入りました。

三匹はスリッパをとりかこむと、そのまわりをぐるぐるまわりました。そのうち、ジュダとカシスが隙《すき》を見て飛びかかりました。

スリッパのほうには、戦う意志なんててんでありませんでしたが、ジュダとカシスはやみくもに飛びついたり、嚙《か》んだり、引っぱったりしましたので、それにつれて動きまわり、まるで互角に戦っているようでした。子猫たちはますます興奮してはねまわり、スリッパを追いかけました。

ダヤンもわけもなくピョンと飛び上がったりしてそれを見ていましたが、そのうち残されたもう片方のスリッパを、前足でちょんちょんつついてみました。

暴れまわる片方と違って、こちらはおとなしい性格のようで、じっと動きません。ダヤンはくんくん匂いをかぎながら、スリッパに登っていき、ほの暗いつま先で丸くなって落ち着きました。そこは、あつらえたようにぴったりの大きさで暖かく、なつかしいサラの匂いもして、ダヤンはそのまま眠りこんでしまいました。

洗濯物を干し終わって戻ってきたサラは、スリッパの片方が離れたところであっちを向いているのを見つけ、あれっと思いながらもそのスリッパを履《は》こうとしました。けれども、足をつっこんでみてびっくり。ブギャッとものすごい声がしたと思うと、灰色のかたまりがビュンと飛びだしていったのです。

ダヤンはそのまま部屋の隅に置いてある自分の家に飛びこむと、急いでお母さんのお腹の下にもぐりこみました。

やれやれ、やっぱりここが一番です。

トム

いたずら盛りの子猫たちは、いつまでもおとなしくダンボールの家におさまってはいません。

家中をわがもの顔に席捲《せっけん》して、笑いと災難をふりまいていきました。

「猫はいいなあ。気楽でたのしそうでさ」

いつも忙しがっているジョンにとって、猫たちの暮らしはうらやましいかぎりでした。

「今度生まれ変わったら、僕も猫になりたいよ。なあ、トム」ジョンはトムを抱き上げて言いました。「おまえ僕と替わらないかい」

　トムは身をよじって逃げだしました。

「ほらパパ、トムいやだって」

「だいたいあなたみたいにせかせかした人は、猫なんかになれないわよ」

　トムには人間の言葉は分かりませんでしたが、たとえ分かったとしたってジョンと入れ替わるなんてまっぴらごめんでした。

　実際この頃のトムは、何に関してもすっかり満足していました。長いのら猫暮らしの後、トムはケントスさんの家に落ち着きましたが、今まででこれほど幸せな時期はなかったように思うのでした。心配だったダヤンも、おくればせながら大きくなりましたし、トイレの場所もつめとぎの場所も、ダヤンは一番早く覚えたのですから。

「みんなほんとによい子たちだ。ジュダとカシスは元気がいいし、ダヤンは頭がいい。ほんとうに私は幸せものさ」

　そのうちに子猫たちの行動半径はさらに広くなり、居間の出窓の隅にこしらえてある猫窓が、再び開けられました。子猫たちが小さいうちは、あぶないので猫窓は閉めていたのです。

サラは子猫が家に戻るとき飛び上がりやすいように、小さな箱を猫窓の下に置きました。

子猫たちはトムに連れられて、猫窓から庭に飛び降り、まだ柔らかい肉球ではじめての大地をふみしめました。トムはひなたぼっこをしながら、子猫たちの様子を見守っていました。

「おかあちゃん、このピョンピョンはねるものはなあに?」ジュダが聞きました。

「はね虫さ。かむと苦い汁がピュッとでるよ」トムは答えました。

「おかあちゃん、このブンブン飛ぶものはなあに?」カシスが聞きました。

「とび虫さ、かむと羽がカシャカシャっていうよ」

ジュダとカシスは、はね虫ととび虫を追いかけては跳《は》ねまわりました。

ダヤンはどうしているかしらとトムが見ると、ダヤンは目を丸くして空を見上げ、流れる雲をつかまえようと、手を伸ばしているところでした。

「おかあちゃん、あのふうわりしたものはなあに?」

「あれは雲だよ、とおくてとてもつかまえられないよ」

「おかあちゃん、なにかがおひげをひっぱる」

「それは風だよ」

「よし、ぼく風をつかまえてくる」

ダヤンが風を追いかけていくと、風は向きを変えてダヤンを押し戻し、ダヤンのまわりに小さなつむじ風を起こしました。

つむじ風はからかうようにダヤンのまわりをくるくるまわり、すっかり目のまわってしまったダヤンは、トムの足元までふらふら戻ってくるとパタリと倒れこみました。つむじ風はしばらくダヤンの後を追ってきましたが、やがてつまらなそうにどこかへ行ってしまいました。

トムはダヤンをなめてやりながら（この子はちょっと変わってる、それはいいことなのかしら、悪いことなのかしら）と考えていました。

子猫たちの遊んでいる庭は、細い坂道に面していて、その坂を下るとすぐ大きな通りにぶつかります。

トムは車のはげしい大きな通りに行ったことはありませんが、逆に坂を登っていった周辺は、のら猫時代からの縄張《なわば》りでした。

トムは子猫たちに、とくと言いきかせました。

「いいかい、おまえたち。庭から先へは、ぜったい出てはいけないよ」そして、庭をかこんでいる生垣のまわりをぐるっとまわって、何度も念を押しました。「この中で、遊ぶんだよ。いいね」

子猫たちは、神妙にお母さんを見上げ、ニャアとなきました。


それからしばらく経った、雨あがりの夕暮れ時でした。

ダヤンは初めて見る『水たまり』にすっかり心を奪われ、その向こう側にあるものを夢中になってのぞきこんでいました。

心配そうな顔をしたお母さんがやってこなかったら、晩になるまでそうしていたでしょう。

「ああ、ここにいたのね。おまえ、ジュダとカシスを見なかったかい？　家の中にもどこにもいないのよ」

あれっ、そういえばさっきまで一緒にいたのに、いったいどこに行ってしまったのでしょう。

「まさか、庭から出て行ったんじゃないだろうねえ。おまえもう中にお入り。お母さん、ちょっと見てくるから」

ダヤンはいってらっしゃいのしるしに、お母さんをちょっとなめました。

窓のところでダヤンが振りかえると、ちょうどトムも振りかえって、さもかわいいというように、ダヤンを見ながら言いました。「すぐ帰ってくるからね」

けれどもいくら待っても、お母さんは帰ってきませんでした。

いつのまにかダヤンは眠ってしまったようでした。


リーベントヒル駅前広場行きのバスの運転手ビリーは、小さなかたまりがふたつちょこちょこと道路を横切ろうとしているのを見つけ、あわててブレーキを踏みました。キキーッ、タイヤは恐ろしい悲鳴をあげて、いねむりをしていた乗客は座席から転げおちました。そして、バスが止まる直前、ビリーは何かが風のようにバスの前に走りこんできたのを見ました。

「ああ！」ビリーは急いでバスを降りると、避けられなかった災難をさがしました。

そして、反対車線でそれを見つけると、対向車を止め、せめて横にどけてやろうと、横たわっている白っぽい猫のそばにしゃがみこみました。

「おや、子猫のようだったが」そう思いながら猫を抱き上げると、その下からニャーニャーなきながら子猫が二匹這《は》いだしてきました。

「トム！」かん高い声がして、女の人と子どもが走ってきました。

「しかたなかったんだよ。おじょうちゃん」ビリーはすまなそうに言いました。「だけど、この猫はえらいや。しっかり子どもを守ったよ」


リーマちゃんに抱き上げられて目を覚ましたダヤンは、リーマちゃんの顔がぐっしょりぬれているのに気がつきました。なめるとしょっぱい味がして、なめてもなめても新しい涙がリーマちゃんの丸いほっぺたを伝わって、コロリンコロリンと転がり落ちてきます。

ジュダとカシスは、サラのひざの上でぶるぶるふるえていました。

サラは二匹を包みこむようにして、なでながら話しかけています。

「こわかったね。もう大丈夫よ」

「まったく車が増えたからなあ」ジョンは、やりきれない思いでため息をつきました。

「ダヤン、今日からあたしがあんたのおかあさんよ」リーマちゃんは、涙でびしょびしょの顔で、ダヤンに頬《ほお》ずりしながら言いました。

ひいひいおばあちゃん

なんといっても子猫ですから、ダヤンはそのうちにお母さんのことを忘れて、リーマちゃんの後をついて歩くようになりました。
夜はリーマちゃんの髪の毛をしゃぶりながら一緒のベッドで眠り、朝起きるとリーマちゃんの肩に飛びのって階段を降りていきます。
顔を洗っているリーマちゃんの側で、ピカ

ピカ光っている細い棒から出てくるキラキラしたつかまえどころのないものと遊ぶのも大好きでした。撚《よ》った銀の鋼《はがね》のようなそれを、前足でつかもうとすると、それはパシャパシャッと散らばり、つめたいものがダヤンの毛の先に玉になって、体をぶるぶるっとふるわせるとまた飛び散っていきます。

歯を磨いている間、リーマちゃんはほんの少し蛇口を開けておいてくれるので、ダヤンは目を細めて舌の先を丸め、その細い糸から冷たい水を少しずつのどに流しこむことができ、そしてそれは水入れのボウルに入っている水とは違う、格別の味わいでした。

リーマちゃんが学校に行っている間は、弟たちと庭に出て遊びました。けれどもジユダとカシスは、お互いを無二の存在と心得ているようで、けっしていじわるだったり仲間はずれにされたりしたわけではないのに、ダヤンはなにがなし淋しい気持ちがするのでした。

だから、リーマちゃんが帰ってくる足音が聞こえると、ダヤンはどこにいても大急ぎで、玄関に迎えにいくのでした。

そしてリーマちゃんとダヤンは、一緒に牛乳を飲みながらお互いの一日の出来事を報告しあうのでした。

　ダヤンの報告は、リーマちゃんをなめたり体をこすりつけたりするなかにもりこまれていました。ダヤンには、リーマちゃんがしゃべっていることはひとつも分かりませんでしたが、声を聞くのは大好きでした。

「ああダヤン、あんたがしゃべれたらどんなにいいか」リーマちゃんはときどきこう言いますし、ダヤンもリーマちゃんがなかなかメッセージを汲《く》みとってくれないことにもどかしい思いをしたことが何度もあります。

　それでも、ふたりは心から仲よしでした。

　ある日のこと、リーマちゃんはダヤンに言いました。

「おばあちゃんのところへ遊びに行くんだけれど、あんたも行く？」

　ダヤンはニャアと答えて、リーマちゃんの開けたバスケットにもぐりこみました。

「おばあちゃんはね、パパのひいおばあちゃんなの。だからあたしにとっては、ひいひいおばあちゃんになるのよ。おばあちゃんがいくつになるのか、誰も知らないんですって。パパたちは、変わり者だって言ってるけれど、あたしはおばあちゃんが大好き」

バスに揺られながら、耳に快いリーマちゃんの声を聞いているうちに、ダヤンはぐっすり眠ってしまいました。

リーマちゃんのひいひいおばあちゃんにあたるベルさんは、ジョンの母方のおばあさんのお母さんです。ジョンが子どもの頃から、ベルさんはもう百歳を超えていると言われていましたし、たいそうな変わり者だとも言われていました。

親戚たちの噂では、ベルさんは『もうひとつの国』で魔法使いをしていたということで、今でもベルさんの家の庭の薬草畑には、誰も見たことも聞いたこともないような、不思議な草がたくさん生えています。

娘もまごも亡くなった今、ベルさんは昔からの家にひとりきりで暮らしています。もうまわりの人に『もうひとつの国』の話をすることもなく、それほどの年寄りにしては驚くほどつやつやした赤いほっぺで、元気な日々を送っているのです。

ジョンとサラは何度もベルさんに「越してきて一緒に暮らしてはどうか」と申し出ましたが、ベルさんは「そのうちにね」とにこにこ笑っているばかりでした。

ベルさんはめったに家をあけないので、サラやリーマちゃんが時々訪ねて様子をみることにしています。

リーマちゃんは〈パパやおじさんたちが言うように、おばあちゃんはそんなに年寄りなのかしら〉と考えながら、ベルさんの家の木戸を開けました。だっておばあちゃんは、いつも家だって庭だってとってもきれいにしていますし、背中だってちっとも曲がってなんかいないのです。

それにおばあちゃんはくっくっと陽気に笑いますし、なにより素敵なことは……とリーマちゃんは、戸口のところで立ち止まり、いつもの嗅《か》ぎなれた素晴らしい匂いに、思わずつばを飲みこみました。

そうです、なにより素敵なことは、おばあちゃんの作るスープでした。初めておばあちゃんの作ったスープを飲んだときの驚きを、リーマちゃんは思い出していました。ちょっと見には何のへんてつもないクリームスープなのですが、まったく今まで味わったことのないもので、リーマちゃんは夢中で飲んでしまい、何度も何度もおかわりをしました。

ママはおばあちゃんにレシピをもらい、家で作ってくれましたが、どうしてもおばあちゃんの家で飲んだスープと、同じものとは思えませんでした。

リーマちゃんが喜んでおばあちゃんの家に出かけて行くのを、パパとママが感心しながらも不思議に思っていることも、リーマちゃんは気づいていましたが、おばあちゃんの家に行くほんとうのわけは内緒にしていました。

それからリーマちゃんは、おばあちゃんの『もうひとつの国』の話を聞くのも好きでした。

おばあちゃんは、リーマちゃんがひとりで来たときだけ、その話をしてくれるのです。

「そうだ、今日はおばあちゃんを驚かせることがあるんだ」

リーマちゃんは勇んでドアを開け、まっすぐ台所に行って、真中においてある大きなテーブルの上に、ダヤンを入れたバスケットを置きました。

スープを煮《に》ていたおばあちゃんは、くっくっと笑って言いました。

「おや、リーマ。おみやげかい」

「うん、おみやげだけどあげるんじゃなくて、見せてあげるの」

おばあちゃんがバスケットの蓋《ふた》をそうっと開けると、目を覚ましたダヤンが顔を出し、一瞬おばあちゃんとダヤンは見つめあいました。

お母さんのトムと一緒で、家族以外の人間はおおむね気に食わないダヤンですが、

おばあちゃんのことはひとめ見るなり気に入って、のびあがっておばあちゃんの匂いを嗅《か》ぎました。

くんくんくんくん嗅ぎまわって、合格のしるしに鼻をひとなめすると、おばあちゃんはまたくっくっとうれしそうに笑って言いました。

「久しぶりだね、ダヤン。

もちろん私を覚えちゃいまいね。

あんたと会うのは、もっとずっと前で、ずっと後だもんね。

あんたの目は変わらないね。

とってもいい目をしているよ」

リーマちゃんはそれを聞いて、〈パパたちがおばあちゃんのことを変わり者だって言うのは、ほんと無理ないな〉と思いました。

それにしてもおばあちゃんはなぜダヤンの名前を知っているのでしょう。ママが話したのでしょうか。

そしておばあちゃんは、居間の窓辺に真っ白いテーブルクロスを掛けた食卓をセットしていました。いつもなら台所のあの大きなテーブルで、気楽におしゃべりをしながら食べるのに。

「今日は特別なお客さまだからね」

それからおばあちゃんは、白いテーブルクロスの上に三つのお皿を並べ、そのひとつをダヤンにすすめました。

「おばあちゃんたら。ダヤンは猫なのに」

おばあちゃんはリーマちゃんをじっと見つめると、首を振って言いました。

「おまえはまだなんにも知らないね。昔は猫だって、人間だって、一緒のテーブルについたもんだよ。今じゃ分かれてしまったけれどね。さあダヤン、遠慮しないでおあがり」

もちろんダヤンは、遠慮なんかしません。お皿がピカピカになるまで、きれいになめてしまいました。

帰り際、おばあちゃんはバス停まで送ってくれました。

そして、もう一度バスケットの蓋《ふた》を開けると、ダヤンに言いました。

「ダヤン、またしばらくの間さようなら」

「今度来るときも、ダヤンを連れて来るね」

リーマちゃんは約束しましたが、おばあちゃんは謎めいた笑いを浮かべて、何も言いませんでした。

十二月十七日

亡くなったトムは、ねずみとりの名人でした。

トムは子どもたちに待ち伏せのやり方、はつかねずみをおびき寄せる声など全てを教えこんだ後、屋根裏での実地訓練も繰り返しおこなっていました。そんなことをしているうちに、ねずみは引越ししてしまったとみえて、とんと姿を現わさなくなってしまいました。

ところが二日前、ダヤンは灰色の大きなやつを一匹見かけました。そしてずっとチャンスをうかがって、今朝早くまんまとつかまえることができたのです。トムが亡くなってからもう三月も経っていて、ダヤンもジュダもカシスもすっかり大きくなりました。そしてこれは初めての自力の狩で、ダヤンはもう大得意でした。

ダヤンは、早速リーマちゃんのところへ持っていって、枕元にボトリと落とし、感激の言葉を待っていました。

ところがリーマちゃんときたら、喜ぶどころか「キャー、イヤダ！ ステテ、ステテ！ ハヤク、ハヤク！」と金切り声でわめきたて、あげくの果てには泣きだす始末です。

あわてて飛んできたサラも、「うわー、ねずみ！」とまるで悪いものでも見たような顔をしますし、ジョンまで「やれやれ、日曜の朝から何の騒ぎだい」と、さも迷惑そうです。

それでもジョンはあとで「リーマ、ダヤンはね、おまえにほめてもらいたかったんだよ」と言ってくれましたが、せっかくのねずみはさっさと庭に埋められてしまい、ダヤンの面目《めんもく》は丸つぶれでした。

まったく、いやなことばかり起こる一日でした。

ダヤンは気を悪くしていることを分からせるため、リーマちゃんに近寄ろうとしませんでしたが、リーマちゃんのほうもあからさまにダヤンを避けていました。

また、リーマちゃんはその日、ダヤンどころではなかったのです。

サラは家中の掃除をはじめました。

いつもダヤンは、あのヴィーン、ヴィーンという音が聞こえてくると、できるだけ遠くへ逃げるようにしているのですが、今日は気のせいかダヤンの行くほう、行くほうへと追いかけてきます。

この、サラの後をついてまわっているソージキという化け物に、ダヤンは一度つかまったことがあります。

そのときは、サラではなくジョンが掃除をしていたのですが、ジョンはおもしろがって、ダヤンを部屋の隅に追いつめ、ためしに尻尾を吸いこんでみました。ダヤンは、そのときの内臓のひっくりかえるような思いを忘れられず、二度とソージキに近寄ろうとはしませんでした。

やっと掃除が終わったと思うと、今度は台所からいい匂いがしてきました。

台所ではリーマちゃんが、一心不乱にクリームをかきまぜています。

「ママ、このくらいでいいかしら」「うーん、まだもうちょっと」

そしてサラはほかほか湯気を立てている、おいしそうなものをオーブンから取りだしました。

そういうことなら仲直りをしてもよいという気分になったダヤンは、リーマちゃんの足元にからみついて、にゃあにゃあ鳴いてみましたが、リーマちゃんは知らんふりです。

匂いに誘われて、ジュダとカシスもやってきましたが、「忙しいんだから、あっちへ行っててちょうだい」と、三匹そろって台所を追いだされてしまいました。

「おーい、サラ。僕の懐中時計を知らないか」急な用事で出かけたはずのジョンが、そう言いながら戻ってきました。そして、家中大騒ぎで捜《さが》しまわったあげく見つからず、またせかせかと出かけていきました。

そうこうするうちに、ピンポーンという音が玄関でしました。これは、誰かがやってきたしるしです。

この音が聞こえると、ダヤンは玄関へ出向いて行くことにしています。お客が来るのはひとつの変化で、これは歓迎すべきことです。

ダヤンは常日頃、自分が人間が好きなのか嫌いなのか、よく分かりませんでしたが、人間が興味深い生き物であることは確かでした。ダヤンはお客が来ると、それとなく観察したり、くんくん嗅《か》いだりして、猫にとってよい客か悪い客か判断するのです。

けれども、その日にやって来た客はあんまり大勢で、一度に玄関に入らなかったほどだったので、気圧《けお》されたダヤンは柱のかげに隠れてしまいました。

しかもひどいことには、その日の客はみんな子どもでした。

ダヤンは子どもははっきりと嫌いでした。

もちろん、リーマちゃんだけは別としての話です。

「ごめんください」

「リーマちゃん、お誕生日おめでとう」

「今日はお招きありがとうございます」

「おじゃましまーす」

子どもたちは口々にやかましく騒ぎたてながら、ドタドタとあがってきました。

これはたいへん！　ところが、逃げる間もなく目ざとい女の子に、ダヤンは見つかってしまいました。

「かわいーい」

「猫だ、猫だ」

「わあ、きれいなしっぽ」

「この耳がかわいいよね」

抱き上げられて、なでられて、しっぽを引っぱられて、耳をつままれて、ダヤンはもうがまんできませんでした。

フギャーッ、フーッ！　思いっきり誰かの手に噛《か》みつくと、ダヤンは逃げだしました。

「ダヤンッ！　こらっ」いつになくとんがったリーマちゃんの声を背中で聞いて、ダヤンは悲しくて腹立たしくてなりませんでした。

そして何もかも忘れてしまおうと、ふだん誰も入らない（ジョンですらめったに入らない）ジョンの書斎に入り、窓のカーテンのかげに隠れて目をつぶりました。暖房の入っていないその部屋は冷えこんでいましたが、いつしかダヤンは眠ってしまったようです。

どのくらい眠ったのでしょうか、あんまり寒くて目を覚ますと、あたりはもう薄暗くなってきました。「もう子どもたちは帰ったかしら」

ブルブルッと大きく身を震わせて、カーテンのかげから出てきたとたん、ドアがバタンと開いて、おそるべき子どもたちの声が聞こえてきました。

「あーっ、こんなところにいた！」

思わず跳《と》びすさった拍子に、ダヤンは花瓶《かびん》にぶつかってしまいました。

あまり重いので、使われたことのなかった花瓶は、ぐらりと傾くと窓ガラスにぶつかり、ガッシャーンと派手な音をたてて、窓ガラスも花瓶も割れてしまいました。

「ダヤン！」また怒られて、ダヤンは割れた窓から外に飛びだしました。

寒いはずです。

外は雪が降っていて、庭の木々にも白い衣がかかり、あたりの様子は一変しています。

ダヤンは追いかけられるように、庭の生垣をくぐり抜け、坂道に出ました。

「ダヤン、戻っておいで」なだめるような、リーマちゃんの声が聞こえてきたようでしたが、ダヤンは戻る気になれませんでした。

雪はますます降りしきり、おまけにどんどん細かくなっていって、雪の中にいるのかそれとも白い霧に包まれているのか、分からないほどになってきました。それなのに、不思議と寒くはありません。

ダヤンの行動半径はもう広くなっていて、この坂道もなじみの散歩コースです。坂を登りきると、道はT字に突きあたります。いつもはそこを右に折れて家の裏手を通り、また庭に戻ってくることにしています。

ですから、見える物といえばたがいちがいに繰りだしていく自分の前足と、それのつける足跡だけになってしまっても、格別あわてることはありませんでした。

それでもダヤンは、耳を立て、ひげをピンと張って、用心しながら進んで行きました。

どうもおかしな様子です。

いつもならもう突きあたっていいはずの道が、どこまでも続いているようなのです。

そろそろ引き返したほうがいいのかしらんと思いかけたとたん、前方がほわんと明

るくなりました。そしてそちらの方角から、何やら楽しげな音楽が聞こえてきました。〈これはまったくあやしいぞ。怖い目にあいたくなければ、さっさと引き返せ〉という気持ちと、〈あれは何だろう。急いで行って確かめなくっちゃ〉という気持ちが心の中でけんかをはじめましたが、とうとう好奇心が勝ちをおさめ、ダヤンはむしろとっとと早足になりました。

音楽はもうはっきりと聞こえ、笑い声や、「ヨールクラップ　ヨールクラップ」という掛け声も聞こえます。

そしてほんの一瞬、音楽が止まったかと思うと、今度はとても速い調子のバイオリンだけで奏《かな》でられる曲がはじまり、そのうきうきと楽しそうなことといったらありません。

音楽を聴《き》いて、こんな気持ちになったのははじめてです。

ダヤンは愉快で愉快で、体中むずむずしてしまい、もう自分がどこにいるのかも忘れて、後足で立ちあがると、踊りださずにはいられませんでした。

この音楽は、いわば笑気ガスのようなもので、ヨールカの雪の魔法で〈わちふぃーるど〉にやってくる動物たちの気分をくつろげ、立って歩くのを当たり前に感じさせるために、特に奏でられる魔法の旋律なのです。

その曲が終わると、今度はざわめきの混じった音楽に乗って、こんな歌が聞こえてきました。

ヨールクラップ　ヨールクラップ
お寝ぼけヨールカ　目を覚ませ
ヨールクラップ　ヨールクラップ
粉雪小雪　舞いちらせ
雪狼の道つくれ
霜狼の道つくれ
雪狼にはニコラウス
霜狼には贈り物
ヨールクラップ　ヨールクラップ
ヨールカ　扉を開け放て

歌を聴《き》きながら（歌を聴くなんてことだって、もちろんはじめてでした）ダヤンはふらつくこともなく、二本の足で見たことのない扉《とびら》の前に立っていました。

鋲《びょう》のたくさん打ってある緑色の扉は、まわりを石で囲まれ、その石には不思議な文字が刻まれていました。

歌はたしかにその扉の向こうから聞こえ、歌が終わりにさしかかると、扉は静かに開きはじめました。

わちふぃーるどへ

それまで真っ白な雪もやの中にいたために、扉《とびら》が開いたときには、まるでその入り口から夜が吹きだしてくるかのように見えました。
そしてまさにぽっかり開いた穴のような入り口の向こう側には、庭に座ってよく見上げた夜空が広がっていたのです。
思わずのぞきこもうと扉の石段に足を掛け

たとき、扉はダヤンを乗せたままゆっくりと動きはじめました。

ダヤンがそこから見下ろした光景は、まことに奇妙奇天烈《きみょうきてれつ》なものでした。

そこにも雪は降っていて、一面雪におおわれた山の頂きに、一本の大きなもみの木があり、そのまわりをたくさんの動物たちがとりまいていました。

さきほどからの音楽やざわめきは、その動物たちのいるところから聞こえてきます。

ダヤンの乗っている扉《とびら》は宙に浮かんでいるようですが、ダヤンに辺りを眺めさせるように、もみの木を中心にしてまわりながら、だんだんと降りていって、もみの木の梢《こずえ》に手が届きそうな高さまでくると止まりました。

もみの木をとりまいて踊っていた動物たちは、今度は扉の下に集まってきました。

もう動物たち一匹一匹の顔をはっきりと見ることができます。

見たこともないさまざまな動物たちの中で、一対の金色の瞳が、ダヤンの目に飛びこんできました。

猫です。猫がいたのです。

バイオリンを弾いていた猫は手を止めると、ダヤンの目をまっすぐに見上げ、安心させるかのようにうなずきました。

そして大きな声で「ダヤン、とぶんだ！」と叫びました。

動物たちもいっせいに「ダヤン！　とんで！」と声を上げ、ダヤンは思いきって夜空に飛びだしました。

粉雪は包みこむようにしてダヤンをくるくるまわし、ダヤンはちっとも怖いことなく落ちていきました。

そして、誰かの腕の中にスポリと受け止められましたが、その動物の長い大きな口と、口の中にズラリと並んだとがった歯を見たときは、思わず全身の毛が逆立ち、フーッと唸《うな》り声をあげました。

けれどもその動物は恐ろしい顔に似合わず、実に手際《てぎわ》よくダヤンを雪の上に降ろすと、品のいい手つきで毛皮に付いている雪を払ってくれました。

「ようこそ、わちふぃーるどへ。俺はイワン」

それからたくさんの動物たちがダヤンに挨拶《あいさつ》にきて、自己紹介したり、歓迎の言葉を述べたりしましたが、ダヤンはあまりのことにぼうっとして、何が何やらさっぱり分かりませんでした。

「さあ、もう一度雪の神を讃《たた》えるダンスをはじめよう」

金色の瞳の猫は、再びバイオリンをかまえると、今度は喜びにあふれた飛びはねるような曲を弾きはじめました。

「さあダヤン、踊りましょうよ。わたしはマーシィ。よろしくね」

くるくるした大きな緑色の瞳の、耳の長い動物がダヤンに手を差しのべました。いかにも柔らかそうな、ふかふかした茶色の毛皮に包まれたその動物の手の先は、ダヤンと同じように手袋をはめたような白色でした。

「僕、踊ったことなんかないよ」ダヤンは、さっき踊っていたことも忘れて言いました。

それにしても、こうして見知らぬ動物と自分がしゃべっているのも驚きでした。まるで人間どうしみたいに。まるで猫どうしみたいに。

猫といえば、さっきのバイオリンを弾いていた猫はどこにいったのでしょうか。

「あの猫は、なんていう名前なの？」

いつのまにかマーシィと踊りながら、ダヤンは聞きました。

「ジタンよ。知らないの」

知るはずないじゃありませんか。ついさっき、変な魔法みたいなもので、ここにきたばっかりなんですから。

といっても、ここへ来てからもうだいぶ経ってるのかも知れません。

「そうだ、僕もう帰らなくっちゃ」

まだ帰りたいというわけではありませんが、かわいい顔をしたこの動物がなんとなくなまいきなので、ダヤンはこう言ってみました。

「えっ、もう帰るって？　来たばっかりなのに？」おかしそうに笑いながら、マーシィは言いました。笑うと白いきれいな歯がみえました。

「ねえ、あんたはもうわちふぃーるどに来ちゃったのよ」マーシィは、両手でダヤンの手を取ると、踊りの輪から抜けだしてゆっくり説明をはじめました。

「さっきあんたがくぐった扉《とびら》はね、ヨールカの雪の魔法の扉なの。年に一度同じ日に、ヨールカの雪の魔法で、アルスから一匹ずつ動物がやってくるの。それが今年はあんただったの。あんたは、雪の神に選ばれたのよ。だからこれからあんたは、わたしたちと一緒にここで暮らすことになるの。もうアルスへ帰らなくっていいし、それに帰りたくても帰れないのよ」

ヨールカ？　アルス？　雪の神？

いったい何の話をしているんでしょう。

それに、帰れないって確かにマーシィはそう言いました。それじゃあ、リーマちゃんはどうなるんでしょう。ジュダとカシス、僕の家族は？

「僕よく分からないや。それにここは寒いね」

もう音楽も終わり、バイオリンの弦をゆるめているジタンのところへ、マーシィはダヤンを連れていきました。

「やあ、ダヤン。調子はどう？」

ジタンの側にいると、ダヤンはなんとなくほっとしました。

けれども調子がいいのか悪いのか、よく分からなかったので、あいまいに「ぶぅー」と鼻を鳴らしました。

するとジタンは驚いたことに鞄《かばん》から赤い毛布を出すと、ダヤンに着せかけてくれました。

「よかったらダヤンを家に泊めるのはどうかしら」マーシィが提案しました。「ほら、ダヤン淋しいかもしれないし、うちは大家族だから」

「ああ、僕の家に泊まってよ」キィキィ声に振り向くと、なんとねずみが歯をむきだして、親しげに笑っています。

「やあ、ぼくウィリー」

「なんてこった」そうつぶやいて、ダヤンは思わず目をそらしました。

「そうだな。だけどはじめての晩だから」ジタンが言いました。「ダヤンは自分の家で眠ったほうがいいと思う」

「淋しくないかしら」

「ダヤンは大丈夫だよ」

ジタンがきっぱりと言ったので、ダヤンはとても大丈夫な気がしてきました。

それに確かジタンは、「自分の家」といいませんでしたか？　自分の家って、ダヤンの家のことでしょうか。そんなものがあるんでしょうか。


そろそろ祭りは終わりのようで、動物たちはそれぞれ手に持ったたいまつで道を照らしながら、ぐねぐねした山道を下りはじめました。みんな、ダヤンをとりかこむようにして進み、なにくれとなく話しかけてくれます。それに赤い毛布はたいそう暖かく、ダヤンはここに来てよかった、という気分にどんどんなっていくのでした。

タシルの街にさしかかる初めの曲がり角で、マーシィや他の大部分の動物たちは、左へと分かれていきます。

「ダヤンつかれたでしょ。よく寝るのよ」

相変わらず姉さんぶっていますが、マーシィと別れるのはちょっと淋しい気がしました。

橋を渡って、森のほうへ入っていくのは、ダヤンとジタン、わにのイワン、とかげのカドリー、それにさっきのウィリーを含む何匹かのねずみたちです。

「じゃあね。明日また遊ぼうね」

この気のよいねずみたちは、今朝ダヤンがとても素敵な狩をしたことを知ったら、どんな顔をするでしょう。

今朝！　ああ今朝はもうなんと遠い昔に感じられることでしょう。

わにのイワンは、ダヤンが怖がらないようにとの配慮からでしょうか、ずいぶん後ろのほうを歩いていましたが、「じゃあダヤン。ゆっくりおやすみ、よい夜を」と声を掛けて、自分の洞窟《どうくつ》の方へと曲がって行きました。

カドリーにもおやすみを言うと、後はもうジタンとダヤンのふたりきりでした。

森は道の両側から、しんしんと迫ってきますが、ジタンといるとまったく心細くありません。

「きみの家もこっちなの？」

「そう、こっちからでも行けるんだ」

ダヤンはジタンに聞いてみたいことが山ほどあるのに、何をどう聞いたらいいのか分からないので、黙って森の小道を歩いて行きました。

「さあ、ダヤン。君の家だよ」

ジタンがランプで照らしてくれたその家は、ダンボールの家とも、それを包んでいた大きな家とも違って、一目見るなりダヤンにはこれが自分の家だと分かりました。

その家は、全部木でできていて、玄関の扉《とびら》の上にはひし形の飾りが打ちつけられています。

ジタンが鍵をまわすと、扉はギィギィと歓迎の声をあげました。家の中は、ほんのりと暖かく、何やらおいしそうな匂いが部屋中に漂っています。

「夕方来て、暖めておいたんだ。スープもできているよ」

ジタンが灯《あか》りを点けてまわると、暖かな黄色の光が住み心地のよさそうな部屋をほのほのと照らしました。

ジタンはストーブに薪《まき》をくべなおし、火はボーボー、パチパチと張りきって燃えはじめました。

「僕が来るってどうして知っていたの。それに君はいちばん初めに僕の名前を呼んだね」

あれこれと気を配っていたジタンは、向き直るとダヤンをまっすぐ見つめて言いました。

「僕は君が来るのを待っていたんだよ。きみが生まれるずっと前からね。とうとうやって来たね、わちふぃーるどへ」

「わちふぃーるどってなんなの」ダヤンは聞きました。

「僕らの住んでいるこの素晴らしい世界さ。きみも絶対気に入るよ。だけど今日はもう遅い。眠った方がいいよ」

ダヤンは言われたとおり、もう何も考えないで、湯たんぽの入った暖かいベッドにもぐりこみ、たちまちのうちに眠りに落ちていきました。

第二部　タシルの仲間たち

リーベントヒル

おばあちゃんの家の木戸を開けながら、リーマちゃんは気を落ちつけようと大きく息を吸いました。
ダヤンがいなくなってから、もう一週間が経ちました。あれから雪は降りつづけましたが、リーマちゃんは毎日猫窓を開けたまま、居間で寝ていました。もしもダヤンが帰って

きたら、すぐに暖めてやりたかったからです。

もうダヤンは帰ってこないかもしれませんが、もしかしたらおばあちゃんはダヤンがどこに行ったのか知っているかもしれません。だっておばあちゃんは「ダヤン、あんたと会ったのはずっと前でずっと後だもんね」と言っていたのですから。

おばあちゃんの庭にも雪が積もっていましたが、玄関までの道の雪は、きれいにかいてありました。

「リーマ」リーマちゃんがドアを開ける前に、玄関の扉《とびら》が開き、おばあちゃんが立っていました。

「おばあちゃん」泣くまいと思っていたのに、おばあちゃんの顔を見たとたんリーマちゃんは泣きだしてしまいました。

「分かっているよ。さあ、こっちへおいで」

いつもの暖かい台所で、リーマちゃんは香りの強いお茶をいただきました。熱いお茶がのどを通っていくと、だんだん気持ちが休まっていくようでした。

「どう、少しは落ち着いたかい？」いつものいたずらっぽい笑いをうかべて、おばあちゃんは言いました。「やっぱり、ダヤンは行ったのね」

なんだかおばあちゃんはうれしそうでした。

「おばあちゃん、ダヤンはどこに行ったの」リーマちゃんは少し腹が立って、おばあちゃんにつめよりました。「おばあちゃんは、知ってるのね。いったいどうしてなの」

「リーマ、おこっちゃいけないよ。ダヤンははじめからわちふぃーるどへ行く宿命の猫だったんだから」

「わちふぃーるど？　わちふぃーるどって何？　もしかしたら、おばあちゃんが言ってた……」

「そう、もうひとつの国さ。リーマ、おまえにはわちふぃーるどのことをちゃんと話そうね。さもないと、おまえも納得できないだろうからね。だけど、ああ、どこから話したらいいんだろう」おばあちゃんは、自分にもお茶をつぎ、リーマちゃんと向かいあって腰を下ろしました。

「そもそもなんで、おばあちゃんはわちふぃーるどのことを知っているの？」

「それはね、わたしも昔わちふぃーるどにいたからよ。

わたしはね、わちふぃーるどでは大魔女だったの。ああ、怖がっちゃいけないよ。魔女といったって、物事をよく知っているだけの話さ。昔わちふぃーるどは、私たちの住んでいる地球とひとつでね、アビルトークと呼ばれていたの。それから、長い戦いがあってふたつに分かれてしまったんだけれど、その戦いの終わり頃、わたしとダヤンは会ったのさ」

「えっ、どうして？　だってそれは昔の話なんでしょう」

「そう。わちふぃーるどっていうのは、不思議な国でね。不思議なことが起きることもあれば、不思議なことを起こすこともできるんだよ。

　ダヤンは、もう一匹の猫の手で、昔に送りこまれたのさ」

「えーっ、じゃあダヤンは昔に行っちゃったの？」

「ちがうちがう。わたしはまったく話がへただね。

　それはもっとずっと後のこと。ダヤンは今のわちふぃーるどにいるはずさ。

　今といったって、こっちの今とはちょっとちがうんだけどね」

「じゃあ、おばあちゃん。今のダヤンの話をしてちょうだい。ダヤンは今、どこでなにをしているの？」

「そうね、それはとても長い話になるわね。退屈するかもしれないよ」

　リーマちゃんはもう退屈するどころではありません。目をきらきらさせて、おばあちゃんの顔を見つめました。

「もう何日かかったってかまわない。今、冬休みだもん。さあ、聞かせて」

「じゃあね、まずママに電話して、それからご飯もすませてはじめようね。今夜はここにお泊まり」

いつものとびきりおいしいスープとお魚のフライの後、またお茶をいれるとおばあちゃんとリーマちゃんは台所のテーブルでくつろぎました。

「この話は、みんなダヤンから聞いたものよ。一時期、ダヤンとわたしは長い間ひとつところに閉じこめられたことがあってね。たくさんの夜を、ダヤンの話でずいぶん楽しませてもらったよ」

それから、おばあちゃんはダヤンから聞いた話を、まるで物語でも読むようにリーマちゃんに話してくれたのです。

イワン

ダヤンが住みついた家は、わちふぃーるどのほぼ中央にあるタシルの街と、フォーンの森のまんなかくらいのところにありました。
その家は昔、人間の森番の小屋だったもので、長い間空家になっていて、この小屋のことを気にかける者は、ジタンと、常に森の中のことに注意を払っているイワンだけでした。

ダヤンと同じアルス生まれのイワンは、わちふぃーるどにやってくる途中で森に落ち、受け止めてもらいました。イワンはそのまま森に育てられ、大きくなってからは森に恩返しするために木こりになりました。

ダヤンがやってくる前の秋の終わりごろのことです。ジタンはイワンに、森番の小屋をできるだけ住みやすいものにしてくれるよう頼みました。

「へえ、誰かあそこに住むのかい」

「そう。僕と同じ種族のものが」

「猫か。だけどあんなに街から離れていて、そいつ淋しくならないかな」

「大丈夫さ。もともと猫は森からでてきた独り住まいなんだから。それに近くには、きみが住んでる。そうだな、そいつがここの暮らしに慣れるまで、少し助けてやってくれるとありがたいんだがな」

「そいつはおまえにとって、大事なやつなのかい」

「ああ、とっても。ぼくはそいつが来るのをずっと待っていたんだ」

「俺を怖がらないといいがな」

イワンは木こりの仕事の合間をみて、毎日のように小屋にでかけました。昔の人間はさほど大きくありませんでしたが、取っ手の位置や形など、猫の身になって一生懸命考え、木を削っては使いやすいように工夫するのでした。

裏の井戸の枯草もとりのぞき、滑車《かっしゃ》もギィギィ鳴らないように油を差しました。そして手桶をしっかり結び、滑車をまわして、きれいな水が桶いっぱいに入って上がってくるのを確かめました。

時々ジタンもやってきては、イワンの考える猫サイズが、具合いいかどうか試してみました。

「便所はいるかな」屋外にあったトイレは、もうとうの昔に壊れてしまっていたのです。

「そう。あったほうがいいね。猫は寒がりだから、冬は家の中に持ちこめるようにしてやってくれないかな」

ジタンはさらさらと、土掛け便所の図面を板の上に書きました。

イワンは図面通りに便所をこしらえながら、なんでジタンはこんなにいろんなことを知っているんだろうかと思いました。

アルスの動物園にいたイワンが、郵便局長のシュービルさんの鞄《かばん》に入って、わちふぃーるどにやって来たのは、まだほんの赤ん坊の頃でしたが、ジタンはその頃とちっとも変わらないように見えます。

もともとはひとつの世界だったアルスとわちふぃーるどがふたつに分かれてから、アルスのほうは、主な住民になった人間が常に急ぐため、すっかり時が早く流れるようになってしまいました。そして、動物たちや妖精が暮らすわちふぃーるどでは、相変わらずのんびりした時の流れなのですが、それでも動物たちは、ゆっくりとではありますが年をとっていきます。

皆、あまり気づいていないようですが、そんななかでジタンだけは少しも変わらないのです。

イワンが子どもの頃からジタンは賢く、たくさんの不思議な友だちを持っていました。イワンはこれほど大きくなるまで、どれだけジタンに助けられたか分かりません。

「ジタンは不思議なやつだけど、俺はジタンが大好きだ。今度来る猫がジタンにとって大事なやつなら俺にとっても大事なわけだ」

だからイワンはヨールカの扉《とびら》が開いて、その猫がくるくるまわりながら落ちてきたときも、しっかり受け止めようと待ちかまえていました。

イワンは、抱きとめたその猫が自分の大きな口と鋭い歯を見て、サアッと毛を逆立てたのに気がつきました。

イワンはアルスでは自分がどう見えるかよく知っていたので、ダヤンが怖がっていることをちっとも気にしませんでしたが、しばらくはあまり姿を見せないように気をつけたほうがいいだろうと思いました。

ヨールカが明けた次の朝、イワンは岩棚の洞窟《どうくつ》を出て、ダヤンの様子を見にいきました。

もうお日さまはすっかりその姿をあらわし、降り積もった雪が目にまぶしいほどなのに、ダヤンはまだぐっすり眠っていました。

イワンはストーブの火を掻《か》きたて、水桶に新しい水をいっぱいに張って、薪《まき》も少し割って補充しておきました。そして、マーシィとウィリーが連れ立ってやってくるのを見かけると、森の中に姿を消しました。

マーシィたちとは仲良しですし、一緒にダヤンを起こしてもよかったのですが、もう少しダヤンが慣れるまで、様子を見たほうがよいと思ったのです。

「何しろ俺は、あんまりかわいいとは言えないからな」


それから毎朝、ダヤンがまだ目を覚まさないうちに、水と薪《まき》の面倒をみたり、ときには小イワシなどを笊《ざる》に入れて、台所においてきたりしました。

「こいつはちっともジタンと似てないや」

ジタンは何ごとにもきちんとした猫ですが、このダヤンときたら部屋の中は散らかり放題、スープなべや皿なども、いつまでも台所の流しにつくねてあります。

イワンがダヤンの寝顔をのぞきこむと、ダヤンはブブブとつぶやいて、それからフユフユ笑いながらうーんと背伸びをしましたが、またばたりとうつぶせになって寝てしまいました。その無防備なすがたに、イワンは微笑《ほほえ》まずにはいられませんでした。

「だけど俺は何となくこいつが気に入ったよ」

イワンにとってはダヤンのだらしないところはちっとも気になりませんでしたが、昔かたぎの行儀作法にやかましいお母さんに育てられたマーシィにとっては、まったく許せないものでした。

「ねえ、ダヤン」とマーシィは言いました。「これからひとりで暮らしていくには、ひとつひとつきちんと片付けないと、しまいにはどうにもならなくなるわよ」

それでもマーシィは、ひっくり返った椅子を起こしたり、さかなの骨を集めたり、手まめに片付けていくのでした。そして、洗い物もやっつけてしまおうと、水を桶から小さい金だらいに移しながら言いました。

「だけど水桶はいつもいっぱいになっているわね。それに薪《まき》をきらしたことがないのもえらいわ」こうやって、ほめながら言い聞かすというのは、弟や妹たちを育てる際に、とても重要なことなのです。

「うん、でもうちの水桶はいつも水が湧《わ》いてくるし、薪だってかってに生えてくるんだ」ダヤンは、マーシィの作ってくれたミルクココアをさますために、ゆっくりかきまわしながら言いました。

「なにをばかなことを……。あっ、そうか！」

うん、まちがいありません。これは、イワンの仕業《しわざ》です。どうりでダヤンの家に行くのに、イワンを誘いにいってもいつもいないはずです。

「まったく、イワンたら。ねえ、ダヤン。ヨールカのとき、あんたを抱きとめてくれたわにを覚えてる？」

　忘れるわけはありません。あの長い歯を思い出したダヤンは、ごくりとココアをのどに流しこんでむせかえりました。マーシィはダヤンの背中をトントンたたきながら、言いました。

「ばかねえ、あんなにやさしいわにはいないわ。水も薪《まき》もきっとイワンがしてくれているのよ。イワンは体の大きさと同じだけ、気持ちも大きいんだから。だれだって、絶対好きになるはずよ。うん、ちょっと待ってて。私呼んでくる」

　ぼうぜんとしているダヤンを置いて、イワンの家に走っていくマーシィは、自分のしていることに得意満面でいっそ拍手したいくらいでした。

　生まれたときからイワンを見ているマーシィには、あの大きく裂けた口も、うろこの生えている巨大な体も、長い尻尾も、頼もしく力強く思いこそすれ、みにくいとか怖いなんて思ったこともなかったのです。

「俺はゆっくりと知り合いになればいいと思うんだがなあ」

　イワンはどうも気が進みませんでしたが、とにかくマーシィと一緒にダヤンの家に戻ってみると、ダヤンがいません。

「おーい」「おーい、ダヤン」

ふたりで呼んでから耳を澄ますと、こそりと屋根裏部屋で音がしました。イワンは、何か言おうとするマーシィを押しとどめて、ミシミシ音をたてながら梯子段《はしごだん》を登っていきました。そして上がり口から大きな頭を出して、あたりを見まわしました。この家のことなら、何もかもよく分かっています。

どうやらダヤンは、本棚の奥で毛布にくるまっているようです。

「よう、ダヤン。イワンだよ。だんだんと友だちになろうな。今は出てこなくていいぞ」

ダヤンは階下のふたりが何やら話してから出て行ってしまうまで、本棚の奥から動きませんでした。といっても眠っていたのではなく、考えていたのです。けれども考えるなんて、今まではしたことがなかったので、そのうちすっかり疲れてしまい、そのまま眠ってしまいました。

朝になって下に降りてみると、水桶はからでした。やはり湧《わ》いていたわけではなかったようです。のどが渇《かわ》いたので裏口を開けて、井戸の水を手桶に汲もうとしまししたが、どうやるのかさっぱり分からず、大奮闘の結果ほんのぽっちりの水が溜まってあがってきただけでした。水桶をいっぱいにするどころではありません。

またダヤンは、イワンのことを考えていました。

それから今度は、ためしに薪《まき》を一本薪割り台の上におき、手斧《ておの》を持ってみました。ストーブに入る大きさにするには、この薪をふたつか三つに割らなければならないのです。

斧は猫用にできていましたが、ダヤンには持ち重りがして、振り下ろそうとすると刃はふらふらと薪割《まきわ》り台の角を叩きました。

「持ち方がちょっとちがうんだ」裏の森の中から、声がしました。「柄《え》のほうを両手でしっかり握って、思いきり後ろに振りかぶってごらん。薪は台の上にしっかり立てて、まんなかを狙うんだ」

ダヤンは声の言うとおりに斧《おの》を握り、「そらっ！」という掛け声で振り下ろしました。

パキンッ！　小気味のいい音が鳴り響いて、薪は見事にふたつに割れました。

「もう一本。一番端のを割ってごらん」声は乾いた割りやすい薪を選んでは、「そら

っ！」とはげましの掛け声をかけてくれました。

「今日はそれでおしまいだ。だんだん慣れていけばいいさ」

ダヤンの腕はじーんと痺《しび》れたように痛みましたが、今まで感じたことがないくらいいい気分でした。

ダヤンは裏の森に向かって言いました。「僕はこの薪で火を焚《た》いて、お茶をいれよう。きっと友だちが朝のお茶に寄ってくれるから」

そして薪《まき》を持って裏口から家に入り、ストーブを焚《た》いてお茶の仕度をはじめました。

そのうちにトントンと扉《とびら》をたたく音がしました。

扉を開けると、戸口いっぱいに大きなわにが立っていました。

「やあダヤン。ちょっと寄ってみたんだ」

イワンは歯を見せて笑いましたが、もうダヤンは怖くありませんでした。

「やあイワン。お茶でも一杯どうかな」

こうしてふたりはだんだんと友だちになっていきました。

月のおばさん

「さて、こうしてダヤンにはジタン、イワン、マーシィという仲のよい友だちができていった。ジタンとイワンはひとり暮らしだったけど、マーシィはね、大勢の家族と街で暮らしていたのさ。なんといってもタシルの街で一番多いのはうさぎ一族だったからね。その中でも変わった親戚《しんせき》がいてね。ちょっとその話

をしようか」

おばあちゃんは、リーマちゃんに話しているうちに、どんどんダヤンに聞いたわちふぃーるどのことを思い出してきたようでした。


ダヤンがわちふぃーるどにやってきてから、五日目の夕方のことだったそうだ。

ダヤンはひとりでタシル山に登っていったんだ。今夜はここで昼と夜の歌合戦が開かれるということだったし、もう一度明るいうちに自分がわちふぃーるどにやってきた最初の場所を確かめたいと思ったからだ。

タシル山のてっぺんのもみの木は、思ったよりずっと大きなものだった。

「あのへんだったかなあ、ヨールカの扉《とびら》が開いたのは」

ダヤンがひとり言をつぶやきながら、もみの木の梢《こずえ》を見上げると、そこにはまんまるの大きな月がぽっかりと浮かんでいたんで、ダヤンはびっくりしてしまった。なぜって、まだ月が出るような時間でもなかったし、登ってくるときはまったく気がつかなかったしさ。

目を丸くして見ていると、さらに驚いたことに月の裏側から二枚の白い葉っぱのようなものが出てきたんだ。葉っぱはつながって、長い耳になった。

そして、全身が現われてみると、それは太った白いうさぎになった。

うさぎは得意そうにダヤンを見ながら、月の真上に立って、右にトントン左にトントン、ステップを踏んで踊って見せた。身振り手振り、見たこともない奇妙な踊りをさ。

ダヤンが目を離せないでいると、おしまいにダヤンにむかって投げキッスをおくったんだよ。ダヤンはキスに撃《う》たれたように、後ろ向きにひっくり返ってしまった。

するとうさぎはね、

「強烈だったかい、お若いの。どうだい、わたしの月は」

とニヤニヤしながら、ダヤンに聞くのさ。

その口ぶりが、「どうだい、わたしは」と言われているようで、ダヤンは返事がのどにからまってしまった。そしてやっと吐きだした言葉は、「丸くて太くて白い」というへんてこで、とても失礼なものだったんだ。

それでもうさぎは喜んで、パチパチ拍手をすると、
上出来、上出来

まるいはつーき
つーきは白い
白いはうさぎ
うさぎは太い
すべて美しいに通じる言葉

そう言って、またまるい月の上をくるくると踊りまわっているものだから、ダヤンは落ちやしないかとはらはらしたそうだ。

するとはらはらしているのを見透かしたように、うさぎはダヤンのいるほうに月の表面を歩いて降りてきた。

「ああっ」落ちるかと思ったダヤンが、声をあげたけれど、月にも重力があるようでね。うさぎはちょうど逆立ちをしたような格好で、そのままぐるりとこっちを向いたんだ。

そして太った右手を上げると、「月へお招き」と言った。

どういうことかよく分からないでいると、うさぎはいらだたしそうに右手を振って見せた。それで、こっちへこいということかとダヤンには分かったんだけれども、どうもすべてが怪しいんで、分からない振りをしていた。すると、あっという間に月のほうから近づいてきて、ダヤンは両手をつかまれて空中ブランコのスターのように宙に舞い上がってしまった。

「ブンタッタッター」うさぎの鼻歌に合わせて、月は上に下に、右に左にと蛇行《だこう》をはじめた。うさぎは浮かれてさ、ゲラゲラ笑いながら手を大きく上げたり下げたりするもんだから、ダヤンの体はまるで振り子のように振られた。

最後にうさぎはひときわ大きく振り上げると、ダヤンをつかんでいる手を離したものだから、ダヤンはぴゅーんと空高く飛んでいってしまった。

〈もうおしまいだ〉と思うより先にダヤンが感じたのは、恐ろしい寒さとキンキン凍って輝いている星の美しさだった。

月は、あっという間にまた落ちてきたダヤンをうまいこと受けとめると、そのままポーンポーンと何度かはずませた。

そうして、半分もぐりこんだようにしてやっと止まったダヤンに向かって、うさぎが言った。

「寒さのてっぺんはどうだった？」

「みみはキンキン、星はカンカン」ダヤンの答えはうさぎの気に入ったようで、うさぎはダヤンの肩をぽんぽんと親しげにたたいた。

「ダヤーン」そのとき、マーシィの声が下から聞こえてきた。

気がつくと辺りはもう暗くなっていて、大勢の動物たちがもみの木のまわりに集まっていた。

「たすけてー」と、ダヤンが叫ぶ前にマーシィの叫び声が聞こえてきた。

「ダヤーン、よかったわねー。おばさんに月に乗せてもらっているのー」

ダヤンは思わずうさぎを見つめた。

「そう、わたしはマーシィのおばさ。みんな月のおばさんと呼んでるよ」

そして、月のおばさんはダヤンに近づいてくると、右手をつかんでぶんぶんと振った。

「すごくおもしろかったな。ダヤン、またやろうよ」

下ではもう歌合戦がはじまっていると見えて、音楽に合わせて歌が聞こえてきた。

この歌合戦は昼と夜とどっちがえらいか、歌で勝負するというもので、昼を讃《たた》える歌を歌っているのは、マーシィの弟のシームのようだった。

ハレラーソンツェ　昼はすてき
どこもかしこも真っ白ぼうず
足元の雪は
キシリン　ピシピシ
ダイヤモンドをちりばめて
お山の木々は
ピカリン　キラキラ
氷の霧をばらまいて
キシリンピシピシ　ピカリンキラキラ

シームの歌が終わると、いっせいに拍手がわきおこった。おばさんも拍手しながら立ち上がって言った。「ようし、今度はわたしの番だよ」そして、声をはりあげると歌いだしたんだ。

ハレラーマイン　夜はすてき
冬の星空どこまでも

キンコロ　カンコロ澄みわたり
一番寒いのてっぺんに
昇った猫が降りてきて
耳はキンキン
星はカンカン
月も凍らぬその前に
ストトン　トンコロ
足踏み鳴らせ
キンコロカンコロ　ストトントンコロ

それはとてもテンポのよい曲だったもんで、みんな喜んでおばさんの歌に合わせて、キンコロ、カンコロと足を踏み鳴らして踊ったんだ。

そうすると、そのうちにストトン、トンコロというたびに、月の端っこが持ち上がってコロリとしたおだんごのようになって、ふわふわとひとつまたひとつと、みんなの方に降りていった。

「のぼっておいで、のぼっておいでよ。ひとりにつき、ひとつの月！」おばさんは叫んだ。

「ようし、ぼくの月はこれ」シームは一番大きな月をつかまえたけれど、大きすぎてよじのぼることができなかった。

「シーム、おまえはこっちにしなよ」イワンは小さな月にシームを乗せてやると、自分はその大きな月にまたがった。

それぞれがみんな大きさに合わせて自分の月を選ぶと、それにつかまって空に上がっていったんだ。

冬の空いっぱいに、いろんな大きさの月がポコポコ浮かんで、なかなか愉快な眺めだったそうだ。

「さあ、一番寒いのてっぺんに行ってみよう。みんな、もぐりこんで」おばさんはそう言うと、ダヤンの頭をコツンとたたいた。

とたんに月は柔らかくなって、ダヤンは首まで月にもぐりこんでいった。まるで、おふろに入っているようにあったかいんだ。

みんなもまねをしてそれぞれの月にもぐりこむと、競争しながら一番寒いのてっぺんまでのぼっていった。

タシルの街がだんだん小さくなっていって、そのうちに遠くまあるくぼんやり青いわちふぃーるどが見えてきた。
辺り一面はキンキンカンカン凍っている星でいっぱいだ。
それがキラリンピカリン輝いて、それはそれは美しくって、はじめは〈いやだなあ〉と思っていたダヤンも、すっかり夢中になってしまった。
時々遠くの方から星が流れてくるけれど、この地域に入るとキーンと凍りついてしまうんだ。
星たちは大勢がやってきたもんで喜んで、
キーンキーン　カーンカーン
キラリン　ピシピシ
ピカリン　キラキラ
と澄みきった音楽を奏《かな》ではじめた。
だけど動物たちはあんまり寒いんで、お返しの歌を歌おうと思っても舌がまわらないくらい。
「かえりょっか。こにょまいると、ほしににゃっちゃう」おばさんも、一番寒いのてっぺんがここまで寒いとは思わなかったようだ。

星たちに別れを告げると、みんなで固まってゆっくりとタシルの山に降りていった。

みんな、あったかい月から抜けだすのはいやだったけれど、なにしろ耳がかゆくって。

そりゃあそうさ、軽い凍傷にかかるところだったんだ。

特にうさぎは耳が長いからね。おばさんだって、こればっかりは例外じゃあなかった。

前足で掻《か》き、後足で掻き、四本の足を全部使って耳を掻いたもんだから、まんまるになってしまった。

「おばさん、さよなら」ダヤンが言ったときも、どこが頭かお尻だか分からないほどだった。

「あのおばさんは、きみの本当のおばさんなの?」帰り道で、ダヤンはマーシィにそう聞いてみた。

マーシィは、長い耳を掻《か》きながら、長々と耳長族の話をしてくれた。

「もちろん。わたしたち耳長族はね、一番昔からタシルの街に住んでいたの。

特にわたしのお母さんの家系はとても古くて、アビルトークの頃から洗濯屋をしていたらしいわ。お母さんの家系はみんなまじめで、賢いんだけれど、お父さんの家系が月うさぎ一族といって、まあ一風変わっているの。

おばさんは、お父さんのお姉さんなんだけれど、その月うさぎ一族の中でも特に変わり者っていわれているわ。なんでも若い頃月に渡って、それからずっとひとりで月に住んでいてね、今では月はおばさんのものといってもいいくらい、自由に操《あやっ》っているわ」

ダヤンはその話を聞いて、マーシィが月のおばさんにまるっきり似ていなくて、ほんとうによかったと思ったそうだよ。

ウィリー

「ねえ、ダヤン。今度の木曜日さ、もしも雨だったらうちのパーティに来てよ」
　ねずみのウィリーははじめっからダヤンに好感を持っていて、ちょくちょくダヤンの家には遊びに来ていたけれど、ウィリーの家に招かれるのは、はじめてのことだった。
〈さて、困ったぞ〉とダヤンは思った。

もうウィリーにはずいぶん慣れてきたけれど、後姿なんかまだいけない。まるいおしりの後ろに、長く伸びたしっぽとピクピク動く耳を見ると、ダヤンは思わず攻撃の姿勢をとってしまって、あわてて体操をする振りをしてごまかしたりしていたんだ。

ウィリーと長く過ごした日には、ダヤンは家に帰るとねずみパンをどっさり焼いて食べることにしていた。そのねずみの形をしたパンを発明してからというもの、ダヤンはウィリーと遊ぶのがずいぶん楽になったんだよ。

それでもウィリーの家に行くということは、ウィリーが大勢いるということだから、ダヤンはそんな状態にがまんができるものか、自信がなかった。

「どうして雨の木曜日なの」

「木曜っていうのはねずみに縁起のいい日でね。僕たちの祖先がタシルに住みついた日らしいんだ。それから雨っていうのは、ほら僕の家って川の土手にあるだろう？雨が降って川の流れが増えると、まるでそれが音楽みたいなのさ。ドッドンドドンッってね。だからパーティは、木曜日で雨が降った日にやるのさ」

なかなか楽しそうなパーティらしいけれど、やっぱりぎりぎりになってお腹をこわすことにしようと、ダヤンは考えていた。

けれども、悩む必要もないほど、木曜になると天気は晴れつづきだった。

ある日、イワンと釣りに行く途中、ダヤンは意外なことを聞いた。

「残念だったな、ダヤン。木曜がずっと晴れでさ」

「えっ、イワンも行くつもりだったの？」

「いや、俺は行かないよ。入れないからな。だけど、カドリーは行くよ、カドリーって知ってるだろう。やつはとかげだから、しめったところが好きなんだ。カドリー、無口だけどいいやつだぞ」

カドリーのことは覚えていた。お祭りのときはいつも帰る方角が同じなので、一緒に帰ってくることは多かったけれど、一度も親しく話したことはなかった。

カドリーが行くなら、あまりひどいことにならないですむかもしれない。たまらなくなったら、カドリーの顔を見ていればいいんだから。カドリーはちっともおいしそうじゃなかったからね。

だから、いよいよ雨の木曜日がやってきても、あまり悩まずに出かけていったのさ。

蕗《ふき》の葉の傘をさして、おみやげにはマープルマフの店で買った、おいしそうなチーズをひとかかえ持っていった。

ウィリーの家は、エバーストーン川に懸かる橋の左手の土手に掘られている土小屋だった。土小屋は川沿いにずらりと並んで、小屋どうしは横穴でつながっていた。ひとり暮らしのマーガおばさんを除いて、一族郎党ほとんどがこの地域に住んでいるんだ。

ウィリーの家族はお父さん、お母さんそれに六匹の弟たちとおばあちゃんがいた。

「ダヤン、よく来てくれたね。みんなすごく楽しみにしてたんだよ」

扉を開けるとすぐ階段で降りるようになっていて、天井は低いけれど思ったよりずっと広い、快適な土の部屋があった。

川側にはいくつも窓が並んで開いていて、そこから川の眺めが見晴らせるんだ。雨のために水量の多くなっている川は、ドドドゥドッドゥと家をゆるがすほど響いて、黒いめがねをかけた年寄りのねずみが音に合わせて体をゆすっていた。

「おばあちゃんは、目が見えないんだ。おばあちゃん、いつも話していたダヤンだよ」

「よく来たね。おやっ?」おばあちゃんは鼻をひくひくさせた。

「この匂いは……」

はっとダヤンは緊張した。猫とねずみの秘密を知っているおばあちゃんなのかも知れないからね。

「この匂いは、マープルマフんとこのカマンベールチーズだね。私の大好物さ」

「ダヤン、よく来たね」

「ウィリーから話は聞いていますよ」

お父さんさんとお母さんも奥から出てきて、そしてその後ろから三匹ずつ、計六匹の子ねずみがあらわれた。

「ぼく、ティム」

「タム」

「トム」

「ティリー」

「タリー」

「トゥリー」

そして六匹はだんだんはしゃぎだして、ものめずらしいお客さんのひざにまでよじ登ってくるようになった。

「ダヤン、大丈夫？　なんだか具合がわるそうだけど」

そのとおり。もうダヤンはどこまで自分の左手が右手を押さえておけるか、自信がなかったんだ。

そのとき、ドアがバタン！　と開いて、カドリーが来てくれた。

「カドリー！」ダヤンは、ふらふらと立ち上がってカドリーを迎えに行った。

「よく来てくれたね」と心から言ったよ。カドリーはといえば、あまり面識のない新参者の猫に、こんなに手厚く迎えられたんで、すっかりダヤンが好きになっちゃった。けれども舌をなくしたといわれるくらい口下手なもんだから、愛想の印にニタリと顔中で笑った。

さて、長いテーブルの上にはごちそうがずらりと並べられて、そのごちそうはチーズが主だったもんだから、ダヤンにとってはとてもありがたいものだった。

チーズをたらふく食べてしまえば、よこしまな心もひっこむかもしれない。ダヤンはそう考えて、片っ端からつめこんでいった。

「まあ、旺盛な食欲で気持ちがいいわね」

「ダヤンは食べ物では、何が好きなんだい？」お父さんに聞かれて、ダヤンは思わず

「ねずみ……」と言いかけて、口を押さえた。

みんな驚いて、いっせいにダヤンの方を振り向いた。

「……の好きなものは何でも」ダヤンがあわててそう言いそえると、一同は笑いだして座はますますなごやかになった。

「じゃあ、得意なことは何？」お母さんが聞いた。

ダヤンは今度も「ねずみを捕《と》ること」と言ってしまい、エヘンエヘンと言葉を飲みこんだ。そして、「ねずみと遊ぶこと」と言い直したので、家族の誰もがなんて愛想のいい猫なんだろうと、感心したものだった。

食事が終わって、テーブルの上がきれいになると、お父さんはろうそくの炎を小さくして、壁にかかっていた笛をひと吹き、吹き鳴らした。

すると奥からさらにたくさんのねずみたちがあらわれた。

お父さんは、テーブルに上がってひとしきり演説をぶった。

「みんな、腹一杯つめこんだかな。今日は、私たちねずみ族にとって、聖なる木曜日。それに素敵な雨降りだ。おまけに、新しい隣人ダヤン、古くからの隣人カドリーをお客さんにお迎えしている。ダヤンはうれしいことに、私たちねずみと遊ぶのが大好きだそうだ」

これを聞いて、ねずみたちは足を踏み鳴らしたり、口笛を吹いたりして喜んだ。

「さあ、ダヤンに木曜日のダンスを披露しようじゃないか。

ダヤン、これは私の弟とつれあい、そして甥《おい》と姪《めい》。こちらは、おじさんとおばさんにいとことその子どもたちだ」

すっかり狭くなった部屋で、ねずみたちは順番に並んで握手を求め、「どうぞ、よろしく」とか「以後、ごじっこんに」とか「お会いできてうれしい」とか一言ずつ挨《あい》拶《さつ》をした。

次々にさしだされるふにゃりとした小さいねずみの手を握り、部屋いっぱいのねずみの匂いをかいで、ダヤンは本当につらかったそうだよ。

「カドリー、ちょっと君の手を貸して」ダヤンは左手で、カドリーのひんやり冷たい手を握って、なんとかやりすごした。カドリーが変な顔をしたって、かまうもんか。

それからいよいよ、クルミのカスタネットが子ねずみたちに配られて、木曜日のダンスがはじまった。

子ねずみたちはカスタネットをカチカチ鳴らしながら、ドッドン、ドドドンという

川音にあわせて、テーブルの上で踊るんだけれど、みんな川の方を向いておしりをプリプリふったり、とんぼ返りを打ったりして、それは面白いダンスだったんだ。だけど、ダヤンはたまらない。とても見ていられなくって、思わず立ち上がって一緒に踊りだした。その方が、ずっと楽だったからね。

もうみんな、拍手喝采《はくしゅかっさい》だ。

「なんて、愉快なお隣りさんだろう」

「またぜひ、雨の木曜日には来てもらわなくっちゃ」

カドリーにしても、今まであんまり好かれるたちじゃなかったから、ダヤンが積極的に示した好意が、すごくうれしかった。

ダヤンはその日以来、近所一帯ですっかり人気者になってしまった。

ダヤンは、そういう運のいいところがある猫だったね。

おばあちゃんが話し終えると、リーマちゃんはうれしそうに言いました。

「おばあちゃん、ダヤンはうんと楽しそうね。どんどん友だちができて、ほんとによかった。だけど、わたしのことはもう忘れちゃってるかしら」

「いいえ、忘れてなんかいませんとも。しょっちゅうおまえのことを話していたよ。だっておまえはダヤンの一番最初の友だちだもんね」

「おばあちゃん、わちふぃーるどって楽しそうねえ」

「そう、だけどね、楽しいことばっかりでもないの。ダヤンはね、自分でも知らないで、わちふぃーるどに変なものを持ちこんじゃったんだよ。それで、ずいぶん苦労することになるのさ」

「変なものって?」

「変なものっていっちゃあ悪いけれど、ほら、おまえのパパはせっかちで、しょっちゅう〈ひまがない〉って言ってるだろう。それなんだよ」

〈ひまがない〉を持ちこむって、どういうことでしょう。

リーマちゃんが考えていると、ドアをたたく音がしました。

「おや、いまじぶん誰だろう」おばあちゃんは、よっこらしょと立ち上がると、玄関に出ていきました。

「メリークリスマス! おばあちゃん! リーマ!」

玄関には大きな包みと籠《かご》を抱えた、ジョンとサラが立っていました。

「おやまあ」おばあちゃんとリーマちゃんは、びっくりしてしまいました。

「なんと、私としたことが」おばあちゃんは言いました。「クリスマスだってこと、すっかり忘れていたよ」

「わたしもよ、おばあちゃん」リーマちゃんも言いました。

「おばあちゃんは魔女だって噂、あれはほんとうだったんですね。あんなに元気のなかったリーマが、すっかり生き返っちゃってる」ジョンは、リーマちゃんの髪の毛をくしゃくしゃかきまわして言いました。

「だって、パパ。おばあちゃんはほんとうの大魔女だったんだから」

リーマちゃんはむきになって、言いました。

「それにダヤンはね……」と言いかけたリーマちゃんは、おばあちゃんがにこにこしながら、唇に人差し指をあてているのを見て、言葉をのみこみました。

そう、これはおばあちゃんとリーマちゃんの秘密にしておいたほうがいいでしょう。

「おばあちゃん、ありがとう。これは私たちからのクリスマスプレゼントです」サラが言って、柔らかい紙でくるんだ包みをおばあちゃんのひざの上にのせました。

「あら、なにかしら？」「あけてみて」

おばあちゃんが包みをあけると、暖かそうなうす桃色の肩掛けが入っていました。

「まあきれい」肩掛けはおばあちゃんの肩をほっこりとくるみ、白い髪と青い目にとてもようつりました。

「これはリーマ、おまえにパパとママからのプレゼントだよ」そう言ってジョンは大きな籠《かご》をテーブルの上にのせました。

そして、ジョンとサラは籠をあけようとするリーマちゃんの顔をとても心配そうに見守りました。

「わあ！」籠をあけたリーマちゃんはびっくり仰天《ぎょうてん》してしまいました。

籠の中には毛むくじゃらの子犬が、真っ黒な目でリーマちゃんを見上げて座っていました。

「ダヤンのかわりってわけじゃないけど」サラがいいました。「おまえのいい友だちになればいいと思って」

リーマちゃんが抱き上げようとすると、子犬はヴーフとうなりました。

「ヴーフ」リーマちゃんもまねしてうなりました。「よおし。あんたの名前はヴーフよ」

「すてきなクリスマスプレゼントだね」おばあちゃんは言ってヴーフのあごをくすぐりました。

「さて、そろそろかえらなくちゃ」ジョンはいつものようにポケットから懐中《かいちゅう》時計《どけい》を取りだそうとして、ちぇっと舌打ちしました。

「そうか、なくしちまったんだ。やれやれ。今何時だろう」

ちょうどそのとき台所の大時計がボーンボーンと時を打ち鳴らしました。

「やあもう十二時だ。明日は朝から会議だよ。まったくゆっくりクリスマスを祝う暇《ひま》もないな。じゃあおばあちゃん、リーマおやすみ」

あわただしく帰っていったパパとママを見送ってから、リーマちゃんはヴーフと一緒にベッドにもぐりこみ、満足のため息をつきました。

今は楽しい冬休み。ヴーフはとてもあったかいし、明日からはまたおばあちゃんの長い物語がはじまるのです。

第三部　ダヤン、はじめての冒険

ヒマナシ

タシールエニット博物館の館長とジタンは、タシルの山のもみの木の下に立って、難しい顔をして首をひねっていました。
「ジタン、おまえさんこんなもの見たことあるかね」
「いや、いったいなんだろう」
「蜂の巣じゃろうか」

「それにしてはおかしな形だな」

もみの木の太い幹にぴったりと貼りついている蜂の巣のようなものは、ちょうど宙に浮かんだ魔法の城のように見えました。

「もう羽化《うか》したあとじゃな。ごらん、部屋はみんなからっぽだ」

薄い皮が重なり合ってできた巣の中にはびっしりと部屋が並び、それを覆《おお》っているまくのようなものは、ひとつひとつ破られていました。

「いったいいつこんなものができたんだろう」

「前に来たときは、気がつかなんだ。なあ、ジタン。わしは嫌な予感がするんじゃが」

そう言いながら館長は、柔らかい布に包んだものをポケットから取りだし、布を広げてジタンに見せました。

「これは時計じゃないか。あれ、待てよ」ジタンはその懐中《かいちゅう》時計《どけい》を取りあげて、文字盤やガラス面を調べ、それから引っくり返して裏の刻印をじろじろ見ました。

「これはわちふぃーるどのものじゃあないな」

「この時計は小ガラスのペグが持ってたんじゃがね。ヨールカの後、このもみの梢《こずえ》にひっかかっていたそうなんじゃ。わしは、これはアルスのものだと思う」

「うん、そうかもしれない」

「たぶん、ダヤンが来たとき、時空が乱れてその周辺のものが一緒にきてしまったんじゃろう。だとすると……」

「だとすると、この虫もアルスのものなのかもしれない」

館長とジタンは顔を見合わせ、それから遥か下の方に広がっている、緑の森に包まれたタシルの街を見下ろしました。

お昼時と見えて、赤いとんがり屋根についた煙突からは、いく筋も煙がたなびいています。なんとものどかで、平和な光景でした。

「悪い虫でないといいんじゃが」


二匹が山を降りて、タシルの街の石の広場にさしかかると、向こうの方に何やら人だかりがしています。

「あらジタン、いいところに来てくれたわ。オルソンさんが大変なの」と言いながら、マーシィが走ってきました。ジタンと館長がマーシィの後について行くと、時計台の下にぶたのオルソンさんが倒れていて、ダヤンがしぼった手ぬぐいをオルソンさんの鼻にあてていました。

　石畳の道を、太った穴熊の医者ドクがイワンに背負われて走り上ってきます。ドクはイワンの背中から降りると、ぷりぷり怒って言いました。

「まったくこのわにときたら、わしをスパゲッティの皿の前からものも言わずにさらってきたんだぞ。いったい何事だ」

「わたしたちが向こうから来たとき、オルソンさんのブギィーッっていうものすごい悲鳴が聞こえたの」

「急にくるくるまわりだしたよね」

「蜂に刺されたって言ってたぜ」

「うん、何か虫みたいなのが飛んでいったね」

　マーシィと、ダヤンとイワンは口々に状況を説明しました。

　ドクは聴診器を取りだすと、オルソンさんの診察をはじめました。畑持ちで、街の有力者でもあるオルソンさんの鼻は、もともと立派なものでしたが、今では顔中が鼻であるかのように腫《は》れあがっています。

「ショック症状を起こしているな。何に刺されたんだろう」

ジタンと館長がまた顔を見合わせたとき、「イッピッピピヤーオウ」という甲高い声が、時計台の屋根の上から聞こえてきました。

みんながいっせいに見上げると、カシガリ山の三人の魔女のうち、一番上のタイムがほうきを手にとんがり屋根のてっぺんに座っていました。

「何に刺されたって？　アルスの虫に刺されたんだよ。わたしゃ、巣を見つけて毒虫事典で調べたんだ。ヒマナシって虫さ。アルスの働き蜂の一種なんだ」タイムは一同を見渡し、続けました。「ぐずぐずしてると、ヒマナシはどんどん卵を生むよ。それにヒマナシだけじゃない、セワシ、イソガシ、カローシと次々に生んでいくんだ」

「さされると死ぬの？」マーシィが聞きました。

「死にゃあしないさ。だけど刺されるとそいつの中で、どんどん時間が速くなっていくんだ。時間が食われて、せかせかと生き急いじゃうのさ。てっとりばやくおじさんになって、おじいさんになって。あっ、なんだ、結局死んじゃうんだ」

タイムはげらげら笑いだしましたが、突然ピタリと笑いやむと、まっすぐダヤンを指さして恐ろしい声でこう言いました。

「そこの猫。おまえがヒマナシを連れてきたんだ」

ダヤンはびっくり仰天《ぎょうてん》してポカンと口を開けました。

「直す方法はないのかい」ドクが聞きました。

「やぶ医者、おまえには直せないよ。だけど方法はひとつだけある」

タイムはほうきにまたがると一同の前に降り立ち、ダヤンをじろじろにらみながら言いました。

「こいつに償《まど》うてもらおう。フォーンの森の奥にある、ひまつぶしの木を取ってくるんだ。その枝を燃やして、煙で燻《いぶ》すのさ。ヒマナシは、ひまつぶしが大嫌いだから逃げて行くよ。ついでに実もとってきて、刺されたやつに食わせるといい」

そう言うと、またタイムはさっとほうきにまたがりました。

「待って、ダヤンじゃないとだめなの？」マーシィが聞きました。

「だめだ。アルスの虫は、アルス生まれが退治するって決まってるんだ。じゃあな、ダヤン」

タイムは長い指を伸ばして、まだ開いていたままのダヤンの口を閉じると、カシガリ山の方角へと去って行きました。

みんなはぼうぜんとして魔女を見送り、それからダヤンを見ました。

「ダヤン、ふたりで行こうぜ。俺もアルス生まれだからな」イワンがダヤンの肩に手を乗せていいました。

「どうやら、わしの悪い予感があたったようじゃな」館長は首を振りながらつぶやき、懐中《かいちゅう》時計《どけい》を取りだすと、ダヤンに見せました。「ダヤン、これに見覚えがあるかね？」

「あれ、これはジョンの時計だよ。なんでここにあるんだろう」

「ふうむ、やっぱりな。いずれにしても、これはおまえの物だろう。持っておいき」

「よし、そういうことならすぐに僕の家に行って準備しよう。時間がないからね」

ジタンが言って、オルソンさんはドクたちにまかせ、三匹は出発の準備にとジタンの家に向かいました。

「ダヤン、待って」マーシィが追いかけてきました。

「気をつけてね」マーシィは赤い木の実に通した鎖を、ダヤンの首にかけてくれました。

「大丈夫さ。俺が一緒だもん」

「そうだったわね。ふたりに幸運が授かりますように」

道順を検討するために、ジタンの家の大きなテーブルに、フォーンの森の地図が広げられました。

「ひまつぶしの木はエルフの里のここらへんにあると思う」

「そうすると、どうしても影喰いの森を通ることになるな」

「しかたないよ。暗い森よりはましだろう」

〈どっちもどっち〉うつらうつらしながら、ダヤンはふたりの会話を聞いていました。

〈負けず劣らずいやな森らしい〉

「俺はまだ影喰いの森には行ったことがないんだ」

「影に逃げられないようにしろよ」

額をよせて打ち合わせを続けるジタンとイワンの影は、ランプの灯《あか》りにゆらゆられて、ダヤンはどんどんゆううつな気分になっていくのでした。

「さあ、あしたは早起きだ。もう帰って寝たほうがいいよ。そうだ、ダヤン、ちょっと待って」

ジタンはいろいろな不思議な物が詰まっているトランクから、皮のさやに収まったナイフと、それを留めるベルトを取りだすと、ダヤンの腰にしっかりと締めてくれま

した。

持ち手の部分に青い石のはまったナイフは、軽くて小さいものでしたが、さやから抜くとどきどきと白い光を放ちました。

「これはエルフのナイフだよ。君にあげる。さっきの時計も一緒にこのベルトに留めておくといい」

「ダヤン、冒険者みたいだな」

勇ましいベルトはダヤンをはげまし、ゆううつはいっぺんに吹き飛んで、〈もしかしたら僕は冒険をするために生まれてきたのかもしれない〉という気にさせてくれました。

けれどもその夜眠ってから見た夢は、真っ黒な口を大きく開けた恐ろしい森の夢でした。

影喰いの森

「イワンおはよう。すごくいい天気だね、ん？　むーふっ」朝の光に、昨夜の怖い夢も忘れたダヤンは、鼻をヒクヒクさせてイワンの台所の匂いを嗅《か》ぎました。「ああ、おいしそうな匂いがプンプンする」

「おはよう、ダヤン。これからいわしのサンドイッチを作るところさ。手伝ってくれよ」

油に漬かってじっくり旨《うま》みのしみこんだいわしは、丸々と太っていてこのまま全部食べてしまいたいくらい魅力的でした。

「パンにバターにいわしを三匹」というイワンの指示どおり、ダヤンも「パンにバターにいわし三匹」と言いながら、ひとつサンドイッチを作るたびに、一匹いわしをつまみました。

見ていたイワンもそれに倣《なら》いましたので、しまいにはパンだけどっさりあまりました。

ふたりは、いわしのサンドイッチいわし抜きを作り、朝ごはんに食べました。

イワンはニワトコの木でできた杖《つえ》をダヤンに渡して言いました。

「これは魔よけだよ。妖精に目くらましをかけられそうになったら、この杖を翳《かざ》して〈ニワトコばあさん、ニワトコばあさん守っておくれ〉って言うんだぞ」そして、自分は斧《おの》をひもで肩からつるしました。

サンドイッチは竹の籠《かご》にきっちりとつめ、ふろしきに包んで杖の先に結びました。

杖を背負い、ひまつぶしの実を入れるための袋を斜めにかけて、勇ましいベルトを締めなおしたダヤンは、われながらただ者ではない気分で、冒険への第一歩を踏みだしました。

イワンの守るエバーストーンの森から、フォーンの森へは、格別これといった境界線もないままに続いています。

フォーンの森は湿り気が多く、苔《こけ》ぶかいのが特徴ですが、入り口あたりの木々はまだ木肌を見せていて、朝露で顔を洗ったようなスミレや、オオイヌフグリが緑の中の道標のように、点々と花を咲かせています。

この辺りはイワンと顔なじみの草や木も多く、あちらこちらから声がかかりました。

「イワン、イワン。どこ行くの」

「お弁当なんかもってさ」

「そっちのちっこいのはだあれ？」

いちいち返事をする代わりに、イワンは歌を歌いながら進みました。

おれたちゃ　アルスの虫退治

いわし丸呑み　ダヤン

くじら丸呑み　イワン

アルス生まれの食いしん坊
ヒマナシだって　くっちゃうぞ
スミレどの　イヌフグリどの
道を照らせよ　ひまつぶしの木まで
天気は極上　冒険のはじまり

こうしてふたりの目的は、あまねく森中の知るところとなり、木々はパチパチ枝を打ち鳴らし、小さな木や草は体をゆさゆさゆさゆすって応援の気持ちを表わしました。

スミレとイヌフグリは歌に歌われて、ますます青く、黄色く輝いて道を照らそうと身をのりだしました。

「君がくじらで、ぼくがいわしか。ずいぶん大きさが違うね」
「ダヤン、これは比喩《ひゆ》だよ。歌なんだからさ。おまえもひとつ歌えよ」

ダヤンがまだ歌いださないうちに、別の歌が聞こえてきました。

おれたちもっとくいしんぼう
ダヤン　まるごと
イワン　まるごと

おれたちゃ　くっちゃう
お天気　最低
冒険はおしまい

歌は木の根っこの間の穴から聞こえて来るようで、ダヤンがのぞきこむと、穴の中ではザァーザァー雨が降っています。

もっとよく見ようとかがみこむと、魚のような頭をした生き物が、茎の長い葉っぱを傘に見立てて、小さな手足をピョンピョン動かして踊っていました。

「ダヤン、のぞきこんじゃあだめだ！」

イワンの叫び声が聞こえたようですが、ダヤンはもうこの生き物から目が離せなくなっていました。

おかしな生き物はダヤンを見上げると、「でっかい！」と叫び、さらに「俺様のほうがもっとでっかい！」と言うなり、魚の頭のようなものはグングン大きくなって、小さな歯のたくさん生えた口をぱっくり開けて、ダヤンを飲みこもうとしました。

「こいつは、めくらましだ！」

イワンがニワトコの杖《つえ》で、魚の頭をこつんとたたくと、「イテテ！」

生き物は急にシュワシュワと小さくなって、姿も変えて木の根っこにもぐりこんでいきました。

「だいじょうぶ、ほんとに食われたりはしないんだ。ただのいたずらだよ。だけど、ハッハッ、おかしなやつだな、あれはきっとファニィのしわざだよ」

イワンは笑っていましたが、ダヤンは心臓が飛びでるほどびっくりしました。

「さあ、今度はひとつ景気いい歌をやってくれよ」

そう言われたのに、口をついて出てきたのはこんな歌でした。

真っ黒な口をあんぐりあけて
ズラリ並んだ大きな黒い歯
その歯が合わさって
ブッツリ切りとられる　ぼくの影

キキッと笑い声が聞こえ、イワンはダヤンをちらっと見ると言いました。

「ダヤン、怖がっていると、よけいからかわれるんだぞ」

そう言われても、さっきからのドキドキが昨日の夢の影喰いの森を呼びよせてしまったのだからしかたありません。

どんどん奥へ進んでいくと、森はもう全身緑色になり、辺り一面びっしりと苔《こけ》に覆《おお》われて、気にかかることさえなければそれは美しい眺めでした。

苔と苔の間には、さやさやといく筋もきらめく流れが走り、ためしにすくって口に含むと、それは歯にしみるほど冷たく、甘い香りが広がりました。

「うーん、ここはいいところだなあ。この先はあんまり気持ちがいいとは言えないかもしれない。ここらで、弁当を食っちゃおうか」

ダヤンは、先ほどの魚の頭を思い出して、ちょっとひるみましたが、弁当のふたを開けていわしの匂いをかぐと、そんな思いもふっとびました。

いわしの油がじっとり沁《し》みこんだサンドイッチは口もきけないほどおいしくて、ふたりはだまって片っ端からたいらげました。

「イワン、そんなに食べたらなくなっちゃうよ」

「かまわないさ、肩に背負うか、腹に入れるかの違いだもの」

緑一色の宇宙の中で、鮮やかな色をした虫と妖精のあいのこたちが、目を丸くしてこちらを見ています。

イワンがサンドイッチのかけらを投げてやると、争っておいしそうに食べ、しばらくの間ブンブン飛んだり、苔《こけ》の上を這《は》ったりしてついてきました。

影喰いの森が近づいてきたのでしょうか。

木々は深い緑から黒に近くなり、木と木が絡まりあってまっすぐ進むのは困難になってきました。もう生き物はどこにも見あたりません。

「あっ、イワン。あっちにすごくいい道があるよ」木と木の間からちらちら見えてきた白い道を指さして、ダヤンが言いました。

「ああ、俺にも見えている。たぶんあれが、エルフの通り道セイントロードさ。この森が影喰いの森って呼ばれるのはあの道のせいだそうだよ。まあ、もうちょっと近づいてみようか。だけど道には入るなよ」

イワンとダヤンは、道のぎりぎりまで木の間を進み、首をのばして道の先をのぞいてみました。

どこまでもまっすぐ続いている銀色の道の上には、両側から張りだしている木の枝が、二重三重に絡まりあい、ゆるやかなアーチを描いて自然の天蓋《てんがい》を作っています。

「この道が光っているのは、森を出たところに月の樹があるからなのさ」

「ここを歩いちゃいけないの？」

「うん、ジタンに聞いた話だと、もしも俺たちがこの道を行くと、月の樹に照らされて、後ろ向きに影ができるそうなんだ。その影はずっと見ていればいいけれど、目を離したとたん逃げだしちゃうんだ。そして、影はこの森に食われちゃうのさ」

「うわあ、いやな道だね。もっと離れようよ」

ダヤンは自分の影ができてやしないかと、振り返ってみましたが、大丈夫、この真っ暗な森では影どころか、しっぽすら先っぽがぼんやり白く見えるだけでした。

「エルフの通り道って、エルフの影は食われないの？」

「エルフには影ができないそうだよ」

道を見失わないように、道沿いに進んでいくのですが、いくらも進まないうちに、この森を抜けていくのが、ほんとうに大変なことだというのが分かってきました。

ダヤンはともかくイワンは体が大きいので、すぐにどこかにひっかかってしまい、狭いところが通れません。

イワンは斧《おの》をふるって、行く手を阻《はば》む木の枝を払おうとしましたが、気味の悪いことに枝は斧が当たったとたん、血も凍るような悲鳴を上げるのです。

「ああ、いやな森だ。まるで、檻《おり》に閉じこめられているみたいだ。俺、もうがまんできない。影なんかなくなってもいいよ」

イワンは、しまいにうおぅ、うおぅっと泣きだして、強いイワンを見なれているダヤンは、びっくりしてしまいました。

あんなに影喰いの森を怖がっていたダヤンですが、この狭くて暗い森は、思ったよりもずっと悪くはありませんでした。

猫は夜目が利きますし、ひげというアンテナも持っています。

それにイワンと違って、体の柔らかいダヤンは、絡まりあった枝の間も容易に擦り抜けていくことができるのです。

ここはひとつ、ダヤンがイワンを助ける番でしょう。

「影から目を離さなければいいのかな」ダヤンは考えながら言いました。

「ああ、ジタンはそう言ってた」イワンももう泣きやんで言いました。

「ごめんな、俺どうかしてたよ。ここがなんだか動物園の檻《おり》の中みたいなんでさ」

「いいんだよ。ぼくちょっと考えたんだけどね」

もしも森が耳をすませているといけないので、ダヤンはイワンの背中によじ登って、耳元で何事かささやきました。

そして、二匹はセイントロードに近づいていき、イワンが後ろむきになって月の樹の光がふりそそぐセイントロードの真ん中に立ちました。

イワンの影は、くっきりと黒く長く伸びていき、イワンはその影をじっと見つめました。

「こらっ、逃げるなよ俺の影」

「イワン、絶対目を離さないようにね。もうちょっとだけ、森に近づいて。いいかい、ゆっくり進むんだ」

イワンは後ろむきに歩きだし、ダヤンは道に沿って森の中を進みました。

「ぼくの声の方にね。はい、おーれたち　アールスの　むーしたぁーいじ」

けれどもイワンは、影を見つめるのに夢中で、そのうちに進む方向が斜めになっていき、ダヤンは気が気ではありません。

「もっと右だよ。右だってば」

「こうかい？」

イワンはさらに離れていって、反対側の森にぶつかりました。

「あっ、ちがう左だ。ごめん、反対なんだ。左へ横に、ずっと、どうぞ」

どうもうまくありません。

「そうだ、この杖《つえ》で森にそって行けよ。いい？　離さないでね」

ダヤンはニワトコの杖をすーっと差しだし、イワンは目の前にきた杖をつかみました。

「うん、こりゃ名案だ」

イワンは杖《つえ》を横に持って、それで森の木をたたいて方向を確かめ、おかげで速度はずっと速くなりました。

ダヤンも心からほっとして、道に沿った木の間をすり抜けていくと、とうとうセイントロードの先に、月の樹とおぼしきものが見えてきました。

「やったぞ、イワン。月の樹だ！」

叫んだとたん、ダヤンはしまったと思いましたが、もう遅く、イワンはつい振り返ってしまいました。すると、イワンの影は見張っていたかのように、すばやく逃げだしてしまったのです。

森に逃げこんだ影に、ダヤンは無我夢中で飛びつき、もがく影をお腹の下に抱えこみましたが、そのダヤンに森は早くも襲いかかってきました。

「わあーっ、助けてくれー」

「ダヤーン！」

今はとりあえず影の心配をしなくてもいいイワンは、セイントロードを駆け抜け、森の出口から枝をなぎ倒して分け入ってきました。

「こらっ、ダヤンを離せ！」

イワンは大声でどなりましたが、あちこちから伸びてきた影喰いの森の木の枝は、影もろともダヤンに絡みついていきました。

イワンは斧《おの》を振りかぶると、片っ端から枝を切り落としていきました。

森は、ヒューヒューと悲鳴を上げましたが、もうイワンはそんなものに耳を貸してはいられません。思わずひるんだ森の隙《すき》を見て、ダヤンを抱えると、一目散に走りだしました。

走って走って影喰いの森の手の届かないところまで来て、イワンはやっとダヤンを降ろし、巻きついている枝のつるを剥《は》がしていきました。

「ダヤン、ダヤン、しっかりしろ！」

おだんごのように丸まってつるに締めつけられていたダヤンは、その声でようやく気がつき、お腹の下にしっかり抱えこんでいたイワンの影を引っぱりだしました。

そして、がっかりしたように言いました。

「あーあ。イワン、君の影、すっかりしわくちゃになっちゃったよ」

エルフの里

「ふーっ、やれやれ。何とか抜けたな、ありがとうダヤン」
「こっちこそさ。君の影、大丈夫?」
「ああ、ちゃんとくっついてる。ちょっと、休んでいこうか」
ふたりは、草が波のようになびいている草原のところどころに、島のように浮かんでいる岩の上で、一休みすることにしました。

イワンはポケットからお酒のビンを取りだして、気つけに一杯やりました。

「ここいらの草は銀色だね」

「ああ、月の樹があるからだろう」

ダヤンが影喰いの森の方を振り返ってみると、もうかなり遠く離れて見える月の樹は、真っ暗な森を背景に、ほんものの月のようにぽっかり浮かんでいました。

行く手には、銀色の草原がゆるやかな傾斜で下っていき、その先にはまた別の森が広がっていて、はるか彼方には峻険《しゅんけん》な山々の連なりが見えます。

「ここはもう、エルフの里なのかなあ」ダヤンがそうつぶやくと、

「エルフの里かしら」

「エルフの里なの」

「エルフの里だって」

という笑い声のような軽い響きが、あちこちから聞こえてきました。

「なんだ、誰だい？」イワンがそう言うと、

「誰かしら」

「誰なの」

「誰だって」

と今度はからかうような声がして、銀色の草の間から小さな人たちが顔を出しました。

「エルフだ」イワンが囁《ささや》くように言いました。

エルフたちの体は、草に包まれていて分かりにくいのですが、男と女、それに少し小さい女のエルフと、三人いるようでした。

みんな、明るいきれいな顔立ちで、その口元は冗談を言おうと待ちかまえているかのようにほころび、銀のように見える金髪に、男のエルフは半円形の帽子をかぶっていました。

男のエルフが言いました。

「誰だいって、それはこちらの言うせりふ。それも、こう言うんだ。どちらさまですか」

そしてまた三人そろって、鈴を振るような笑い声を立てました。

「それにしても」と言いながら、男のエルフは草の中をすべるようにして近づいてきて、ピョンと岩に飛び上がり、イワンを見上げて続けました。

「これは、これは。見事な長虫どのだな。ぜひとも王様におみせしなくちゃ」

「お気の毒な王様に」

「王様の退屈がまぎれるといいけれど」

「イワン、王様だって」

ダヤンはうれしそうに言いました。一度王様を見てみたかったのです。

けれどもイワンは、自分の任務を思い出して、エルフに向かってこう言いました。

「俺はイワンで、こっちはダヤン。あなたがたに聞きたいことがあるんだけれど、ひまつぶしの木っていうのを知らないか?」

「王様に会ってもらう理由が、もうひとつ増えた。

ひまつぶしの木は王様のものだから。

さあ、行こうエルフの里へ」

男のエルフはそう言うと、頭から銀色の原に飛びこみ、すごい速さで進みはじめました。イワンとダヤンは追いつこうとしましたが、柔らかい草はどんどん深くなり、足を取られてなかなか早く歩けません。

「おーい」ダヤンが叫ぶと、一番小さいエルフが立ち止まりました。

「もっとゆっくり歩いてよ」

「歩く?」小さなエルフは笑いました。「どうして泳がないの? 泳げないの?」

「なんだって」イワンは試しに銀色の原に体を横たえて、足で草をかいてみました。

「やあ、ダヤン。こりゃあいいや。ずっと楽だぞ。まるで海みたいだ」

ダヤンもイワンのまねをして、草の波に浮かんでみると、なるほどこれはいい具合です。

水の中で泳いだことはないけれど、手足を動かすとすいすいと進んでいきます。

「君の名前はなんていうの?」ダヤンはとなりを泳いでいる小さなエルフに聞きました。

「アゲナイ」

ダヤンはちょっとむっとして「くれって言ってるわけじゃないよ」といいました。

「私の名前はアゲナイ」

「君の名前なんていらないよ。僕だってちゃんと持ってるんだから」

「ダヤン、きっとこの子の名前がアゲナイなんだよ」

「姉さんはシラナイ。兄さんはイラナイ」

アゲナイは、先に行くエルフたちを指さして言いました。

銀色の原を下りきると、だんだん木が増えてきて、草の色は青く変わり、辺りの木々も緑がかった青になってきました。そのせいか、今度の森はまるで深い海の底のようでした。

「あーっ、あれは……」

「ダヤン、魚の群れだ」

ダヤンとイワンは同時に叫びました。

青い木々の間をぬって、長い背びれと銀色の腹をきらめかせた魚が、群れをなして飛んでいきます。そして、そのまわりを魚よりもすばしっこいエルフたちがジャンプをしながらとりかこんで追いかけていきました。

「飛魚だ」

シラナイもイラナイもすばやくそっちのほうへ向きを変えて行ってしまいました。

「すてき！　飛魚がきたのね」

草の海が終わり、起伏のある大地に点々と白やうす紫の花が咲いています。アゲナイは、スキップをしながらふれまわって歌いました。

飛魚がきたよ、ごちそうがきた
長虫のイワンもきたよ
綿毛虫のダヤンがきたよ
ごちそうとお客さんがやってきたなら
今夜は宴《うたげ》よ、エルフの里の青いバラの庭で

「僕のこと、綿毛虫だって」

「ダヤン、いちいち歌を気にするなよ。それにエルフが虫って言うのは愛称なんだよ」

イワンが言うように、アゲナイのふれ歌を聞いて、あちこちの穴や木の根っこからエルフが顔を出しましたが、中には虫との混血やまるきりの虫もぞろぞろと出てきました。

キャハキャハ陽気に笑いながら、物珍しげにダヤンとイワンを見上げている愛敬の

あるエルフたちを引き連れて、ふたりは小さな苔《こけ》の階段を上がったり下がったりして、やっと大きな広場にたどりつきました。

広場は長いとげのあるバラの生垣に囲まれていましたが、バラはひとつも咲いていませんでした。

床は、ふかふかの苔で覆《おお》われていて、エルフや虫たちは思いおもいに寝転がったり、早くも浮かれて踊りだすものもいました。

卵のからをおしりにつけた赤ん坊のような顔の虫が、後ろ向きになって踊っています。ダヤンはそれを見ながら、アゲナイに聞いてみました。

「王様はどこ？」

「お気の毒な王様はおやすみ」

「なんでお気の毒なの？」

「王様は退屈の虫にとりつかれているから。

王様は何も面白くない。

王様が退屈していないのは眠っているときだけ。

眠りだけが王様の楽しみ」

「そう、それはなんだかお気の毒。
だけど眠りは、僕にとってもお楽しみ」
まるで、アゲナイのような言い方をしながら、ダヤンは眠ってしまいました。

エルフのタイクツ王

笑い声やグラスの合わさる音でダヤンは目を覚ましました。

「長虫どの、綿毛虫どの、おめざめか。おめざめとあらばこちらへどうぞ」

うたうようなイラナイの声に、横で眠っているイワンをゆりおこしました。

いつの間にかごちそうが大皿でいくつも中央に

並べられ、そのまわりをエルフや虫たちがぐるりと取り囲んで腰かけています。ぶるぶるっと大きく体をふるわせて起きあがったイワンの姿にみな目を丸くして感嘆の嵐がまきおこりました。

イラナイに手招きされて、イワンとダヤンがまんなかの席につくと、グラスに泡立つ飲みものがつがれていきました。

「今宵《こよい》は、長虫イワン綿毛虫ダヤンをお迎えする飛魚の宴《うたげ》だ。エルフの里にもたらされた思いがけないお客さま。時を得たごちそう。そしてわれらがタイクツ王に乾杯！」

イラナイのあいさつで宴はにぎにぎしくはじめられました。そしてダヤンが飛魚に手を伸ばそうとしたとき、

「ふあああぅ、おぅわぁあおおぉあむあああ」

という、うなり声ともうめき声ともつかない声が森中に響きわたりました。

「やあ、王様のおめざめだ」

「タイクツ王のおめざめ」

「タイクツ王のあくびがきこえる」

エルフたちはざわめき、イラナイがイワンに言いました。

「タイクツ王にお目どおりするかね。ひまつぶしの木のことをききたいんだろう」

イラナイはイワンとダヤンを連れて、青いバラの庭を抜けでると、丈の高いシダに囲まれた回廊《かいろう》を進んでいきました。

「どうしてひまつぶしの木のことを知りたいのかね」

イラナイに聞かれて、イワンはヒマナシ退治の一件をかいつまんで説明しました。

「王様は大変なお年寄だからね。ほとんどの時を眠っていて、起きているときは退屈している。きみたちの望みに耳を貸して下さるといいけど」

そしてイラナイはイワンを見上げていいました。

「ぼくはきみが王様の退屈しのぎになるといいと思ってる。きみのお腹のあたりは少しばかり王様と似ているから」

イワンとダヤンは顔を見合わせました。

バラの枝が絡まりあったアーチをくぐると、また少し開けた場所に出ました。一面に短い草の生えているまんなかに幹の太くて短い木が生えていて、その曲がりくねった幹からは枝葉が放射状に広場いっぱい広がっていました。そして、木の上には巨大ないもむしがねそべっていました。

広場のまわりはくちなしの木で覆《おお》われ、ぽっかり開いた空には星が一面にまたたいていましたが、広場を明るく照らしているのは、いもむし自体が発している不思議な青白い光でした。

「王様がのっかっておられるのが、ひまつぶしの木だよ」

イラナイはイワンにささやき、大きな声で王様に呼びかけました。

「長虫イワン、綿毛虫ダヤン、お客さまをおふた方おつれしました」

王様は身をよじってこちらを振り向き、しばらくイワンを眺めまわしました。それからダヤンに目を移しましたが、またプイと横を向いてしまいました。

そして長い筒の中を通って聞こえてくるような声で言いました。

「よく来た。もう行け」

イワンは急いで進みでると言いました。

「王様、俺たちはひまつぶしの木を捜《さが》しに来たんです。ひまつぶしの木の枝と実をいくつか分けていただけないでしょうか」

王様は首をふると、「行け」とだけ言いました。

「けれど王様、この者たちはそれを持って帰ってヒマナシとやらを退治しなくちゃならないそうで……」

イラナイの言葉をさえぎるように、王様は頭をふりたてて大きなあごをぱっくりあけると、

「うおぉぉぉぉぉあぁぁぁぁむ」

とまた大きなあくびをしました。

そして「わしは退屈なんじゃ。そんな話は聞きたくない」というと、身をくねらせて枝の方へ這《は》っていき、葉っぱをかじりはじめました。

「ふむ。王様はお食事のようだ。明日にするかね」

イラナイは言いましたが、そうゆっくりしているわけにもいきません。

「だめだよ。僕、上がっていってみる。僕がヒマナシをつれてきたんだからね」

「ダヤン！」イラナイとイワンが止める間もなく、ダヤンは木のこぶに足をかけてひまつぶしの木に上がっていきました。

「王様こんにちは」

ダヤンが呼びかけましたが、王様は知らんぷりでもしゃもしゃ食べつづけています。

それにしても近くで見る王様はほんとうにみにくい姿をしていました。青白く段のついたお腹は王様が葉をのみこむたびにビクビクうねり、お腹の両側には短い手足がぞっとするほどたくさん生えて、その手足には、ねばついた糸が絡みついていました。

「ふうん」ダヤンはじろじろと王様を眺めました。

王様も横目でちらちらとダヤンを見ました。しばらくしてダヤンが言いました。

「僕、エルフの王様ってもっと違うものだと思ってた」

王様は葉をかじるのをやめて、ダヤンが何と言うか耳をすませていましたが、何も言わないので思わず言いました。

「どんなものだと思ってたのかね」

「エルフみたいに人間に似ていると思ってた」

「人間じゃと」王様は向きなおると、不思議そうにダヤンを眺めて言いました。

「はて綿毛虫よ。なぜそんなことを言う？」

「僕、この間まで人間と暮らしてたから。エルフはとても人間と似てますね。人間のほうがずっと大きいけど」

「ハッ」王様はばかにしたように言いました。

「大きいことに何の価値もありはせん。それに似てるだと。エルフのほうがずっと美しい。なかでもわしは一番じゃった。ハイリットロー。トロットロー。風のようにすばしこくて、森のように賢くて、川のように陽気な王の中の王じゃったよ。けれども……」

王様はしばらく悲しみに沈んでいましたが、大きな頭を力なく振って言いました。

「わしは年を取ってな。わしの魂はひからびて、退屈の虫の中にはいりこんでしまったんじゃ。ごらん、この姿を。そのうち退屈の虫はわしを喰いつくしてしまうじゃろう」

ダヤンは王様が気の毒で何と言ったらいいか分かりませんでした。

王様はダヤンの目をのぞきこむようにして言いました。

「それにしても不思議じゃな。どうしておまえにこんな話をするんじゃろう。おまえの目を見ていると、わしがわしじゃった頃が戻ってくる。お前は人間と暮らしていたと言ったな」

「そう。それでアルスからここに来るときヒマナシも連れてきちゃったんです。この時計と一緒にね」

ダヤンは懐中時計《かいちゅうどけい》をベルトからはずすと王様に見せました。

「時計……。時を計るものじゃな。時の重さはその時々で違うのにどうして計れるんじゃろう」

「王様。これは重さでなくて、長さを計るものじゃないかしら。それにアルスの時計だからここの時は計れないかもしれない」

ためしにダヤンが爪をかけて、ねじを巻いてみると時計は動きだしました。

けれども逆の方向に巻いてしまったのか、針はあべこべに進んでいきます。

「やあ、計りだしたぞ」

王様は面白そうに時計に見入っていましたが、そのうちにおかしなことがおこりはじめました。

時計を見ている王様の背中の部分が割れはじめ、頭がすっぽりとぬげおちました。そしてまっ白な髪とひげに覆《おお》われた、大きな丸い鼻と陽気そうな青い目が現われてきました。

ぶよぶよと段のついた白いおなかは平らになってはがれおち、その下からは青白く輝く衣をきたエルフの王が姿を現わしました。ダヤンは目を丸くして王様の変わって

いくさまを見ていました。

「ハイリットロー。トロットロー。アルスの綿毛虫と時の計りが、たいくつの虫を追い払ってくれたよ」

王様はうれしそうに叫ぶと、パチパチ両手を合わせて踊りまわりました。下で心配そうに見上げていたイワンとイラナイも王様の変化にびっくりしてしまいました。

「王様！　まったく昔のとおりのエルフの王様だ。もうタイクツ王じゃないぞ。バンザイ！」

そういうとイラナイは皆に知らせるために飛びだしていきました。イワンは言いました。

「王様。すばらしいエルフの王様。俺たちにもアルスの虫を追い払わせてください。ひまつぶしの枝と実をいただけませんか」

王様は笑って言いました。

「長虫イワンどの。綿毛虫ダヤンどの。そっくり持って帰るといい。もうわしには必要ないからな。エルフどもに枝を切らせ、実をとらせよう。この木には、エルフのナイフでなくば、刃がたたんじゃろう」

「王様、ぼくはエルフのナイフを持っているんですよ」

ダヤンは、ジタンからもらったエルフのナイフをさやから抜いて王様に見せました。

「ふうむふむ。これはまさしくエルフのナイフじゃ。この青い石をごらん。ニュサ山との境でとれるエルフの宝玉じゃよ。アルスの綿毛虫よ。なぜおまえがこれを持っているんだろう」

「友だちのジタンからもらいました」

「ジタン……。昔、わしにもそんな名前の友だちがいたような気がするが、思い出せんよ。わしの頭は虫にくわれてもうスカスカじゃ。体も軽くて、風が吹き抜けていくようじゃ。さて、イワン、わしをここからおろしてくれんかね」

「お安いご用ですとも」イワンは王様をひまつぶしの木からおろしました。

「王様、ほんとに軽いや。まるで風を背負っているようだよ」

「そうじゃ。今からわしは風の王じゃ」

「風の王だって」

「エルフの風の王」

「もうタイクツ王じゃない」

「エルフの風の王バンザイ!」

迎えに来たイラナイやエルフたちが叫び、一同うちそろって宴《うたげ》を再開するために青いバラの庭に行進していきました。そして王様が庭に足をふみ入れたとたん、庭を囲んでいるバラのつぼみが開き、いっせいに青いバラの花を咲かせました。

タシルの時計台

「これでもう三人目よ。ダヤンたちはまだかしら」

ドクのベッドでうなっている郵便配達のギヴの鼻にしっぷ薬をぬりながら、マーシィがつぶやきました。

「出かけて二日たつな」ドクは虫よけに使うムシダマシの葉をほぐしていました。

「あれからずっと目がまわるほど忙しかったわね」

「ああ、おまえさんやジタンがいてくれて助かったよ」

「皆、ちゃんとムシダマシをのんでるでしょうね」

ムシダマシは、飲むと体中から青臭い匂いが発散し、おまけにひどい味なので、虫よけにならなければ生涯飲まずにすませたいようなしろものでした。

「きちんと飲まんやつらがこうして運ばれてくるんじゃよ。ギヴはどこで刺されたって言ってたね」

「時計台の下でひっくりかえってたらしいわ」

「わたしとおんなじだ」もうひとつのベッドで寝ていた羊のマープルマフがかん高い声で言いました。

「時計台のところを通ったら虫がおそってきたのよ。ブルルッ。さ、もう行かなきゃ」

そういうとマープルマフは起き上がりました。

「こらこら、まだ血がおさまらんから動いちゃいかんと言うとるじゃろう」

ドクはマープルマフをしかりつけました。

「だって、ドク、私こんなとこで寝てるひまなんかないのよ。早く家へ帰って店を開けて、店を閉めなきゃ」

マープルマフは郵便局の隣りで雑貨店を営んでいます。

「やれやれ、あんたがヒマナシに刺されたことはもうみーんな知っちょる。だれもあんたの店に買物になんかこんよ。だいたいあんたんとこのもの、急いで買わにゃならんものなんかないじゃろ。さ、ゆっくり横になって、眠りたばこでもくわえとるんじゃ」

「だめだめ、とにかく私忙しいんだから、こうしちゃいられないわ」

マープルマフは大きな体で強引にドクを押しのけると、まっ赤にはれあがった鼻をかかえ、おしりをふりたてて家へ帰っていきました。

きのうのオルソンさんもそうでした。

「なんだ。ここはどこだい。おーい誰かいないか」

ドクのベッドでショック状態から覚めるやいやなオルソンさんはやかましく騒ぎたてました。

「あら、オルソンさん気がついたのね。今こっちは大忙しなの。もう少し休んでて下さいな。眠りたばこの用意をするから」

ドアを開けて顔を出したマーシィを、あわててオルソンは呼びとめました。

「ちょ、ちょっと待ってくれ。眠りたばこだと。冗談じゃないよ。そんなもの飲んどるひまはない。わしは忙しいんじゃ。もう間にあわんかもしれん」

「まにあわないって何に？」

「何にもかにもじゃ。時は金なり。失礼するよ」

オルソンさんは立ち上がりましたが、あわてたあまり足がもつれて、太った体をささえきれず、ひっくり返ってしまいました。

マーシィは手を貸そうとかけよりましたが、その手を払いのけてオルソンさんはぶつぶつつぶやきながら起き上がると、腕時計をのぞきこみました。

「五分の遅れは一ルビーの損失。わしはもう一六五ルビーも失ってしもうた。早いとこ小麦をまいて刈り入れんと」

そう言うとドクやマーシィが止めるのも聞かず、よたよたと帰っていったのです。

「まったく、どいつもこいつもわしの言うことを聞かんでからに」

ドクが首を振ってそう言っていると、ドアをバタンと開けて、ねずみのティム、タム、トムがとびこんできました。

「大変、ウィリーがヒナナシに……」

「ちがうよ。ヒマナシにやられたんだよ」

「ちがうってば。ヒママシだろ」

「ドク、私ちょっと行ってくる」マーシィは飛びだしていきました。


「問題はヒマナシをどこへ追い払うかだな」

「ああ、この街から完全に出してしまわないと」

館長とジタンはタシールエニット博物館の図書館で、今朝からずっとヒマナシについて調べていました。

まずは皆をヒマナシから守るため、きのうはムシダマシの葉をつんだりそれを煎《せん》じたりでせいいっぱいだったのです。

「ムシダマシか。アルスの虫にも効いてよかったな」

「うん、おかげで時間をかけて調べられる」

「それにしてもダヤンはいつ帰るじゃろう」

「ああ。いま頃どこにいるんだろうな」

その頃、エルフの風の王のはからいでひまつぶしの枝がどっさりいかだに積みこまれ、銀色の原にこぎだしていました。

けれども困ったことは、いかだには丸太ん棒のようになったイワンまでもが積みこまれているということでした。

「ああ、すっかり遅くなっちゃったな」

昨夜《ゆうべ》の宴《うたげ》は思い出しても、踊りだしたくなるほど楽しいものでしたが、今やすっかりダヤンの気は急いていました。

おまけにイワンはこの調子です。

宴は明け方まで続き、いつの間にかダヤンは眠っていましたが、イワンはエルフのお酒をしこたま飲んで、もうお昼をとうにまわった今も、さっぱり目覚める様子がないのです。

「ダヤン、もうじき月の樹が見えてくる。悪いけど、僕らはそこまでしか行けないんだ」

イラナイとアゲナイ、それにエルフがもう二人、いかだを押して、ダヤンを送ってきてくれていました。

「しかたないね。イワンももう起きるだろう。ねえイワン、起きてよ」

ダヤンはイワンを揺さぶってみましたが、返事のかわりにイワンはごうごうといびきをふきあげました。

このお荷物をかかえて影喰いの森を抜けるのかと思うと、ダヤンの気持ちは、暗澹《あんたん》としてきました。

それにジタンは首を長くして、ひまつぶしの木を待っているにちがいありません。

「あっ、月の樹が見えた」

先頭を行くアゲナイが声をあげました。

「もひとつ見えた。あら不思議。月の樹がふたつ」

ほんとうに、月の樹は、ふたつ並んでぽっかりと浮かんでいます。

ますますえらいことになったとダヤンが思っていると、ひとつの月の樹はふわーっと浮かび上がり、こちらに近づいてきました。

「ダヤン、また会えたな」

月の樹だと見えたものは本物の月で、ニヤニヤ笑いと一緒におばさんが顔を出しました。

「おばさん！」

「空中サーカスはおもしろかったかい。またやろうよ」

おばさんは両手をさしのべ、あわててダヤンは手をひっこめました。

「それどころじゃないよ。おばさん知らないの。実はね……」

ダヤンが言いかけると、おばさんはさっとダヤンの言葉をとりあげました。

「実はね。今は昼間だろ。実はね。あたしゃここにいちゃいけないんだよ。だけど実はね。あたしはおまえさんたちを迎えにきてやったんだ」

「え、ほんと！　どうして？」

「どうしてか当ててごらん。ひとつ、おまえを好きだから。ふたつ、運び屋をはじめたから。みっつ、ジタンに頼まれたから」

「三つめ」

「大当たり」

そう言うとおばさんは月の光の糸の束をダヤンに投げつけました。糸は空中でぱらりと広がってダヤンといかだの上にふりかかりました。

「それでいかだを巻くんだよ。ぐるぐるぐるっとね」

月のおばさんが現われてから、草にもぐって隠れていたエルフたちも手伝って、いかだをしっかりと月の糸で結びました。

「さあ、ダヤン、おまえは月におのり。道中おしゃべりでもしようよ」

おりてきた月に、おっかなびっくりダヤンは這《は》いあがりました。

「ダヤン、さようなら。ヒマナシ退治がうまくいきますように」

イラナイは言いました。

「綿毛虫ダヤン。さよなら。また来てね」

アゲナイも言いました。

「ありがとう。王様によろしく」

「長虫どのによろしく」

「さて、どっこいしょ」おばさんはかけ声をかけると糸の束を引っぱり上げ、いかだはフワリと浮かび上がりました。

「そして、これはエルフに贈りもの」

もう一束、月の光の糸をおばさんは取りだすとエルフに投げました。

「すてき。すてき」

「飛魚をつかまえる網ができるね」

「ありがとう。月のおばさん」

エルフたちは大喜びで月の糸を頭にのせると、エルフの里へ引き返していきました。


「館長！　開けてくれ。ドクだよ」

タシールエニット博物館のドアのノッカーがやかましくうち鳴らされました。

「ジタンもいたのか。ちょうどよかった。気がついたことがあるんだ」

ドクは大声をあげて入ってくると、腰もおろさずに続けました。

「今までヒマナシに刺されたのが四匹。それが四匹とも同じ場所で刺されてる」

「ほんとうか」

「どこだい」

「石の広場の時計台の下さ。あのあたりにヒマナシは新しい巣をかまえたんじゃないだろうか」

「時計台」ジタンは立ちあがりました。

そして「時計台、時計……」とぶつぶつつぶやきながら歩きまわっていましたが、そのうちにその瞳はぴかぴか光を放ちはじめました。

「そうか！　ヒマナシの好物は時なんだ。ヒマナシに刺された者の時は早く進む。つまり時が食われてしまうんだ。だとすると、もしも時計台に巣ができて、卵を産みつけられたら、この街の時が食われてしまう。こうしちゃいられない。急がなきゃ。時計台に行ってみよう」

三匹が石の広場へ駆けつけてみると、なんとたくさんの動物が集まって時計台を見上げていました。

「いったいどうしたんだ。このあたりはあぶないぞ」ドクは驚いて言いました。

「ヒマナシは、みんなあそこにいるわ」マーシィが声をひそめて言うと、時計台を指さしました。

はじめは空に穴があいているように見えました。

それほどくっきりと、明るい空の中、時計台を中心にして、まあるくくりぬいたような夜空が広がっています。

そして不吉な首飾りのように、そのふちはぶるぶるふるえ、少しずつ広がってきて

いるのです。

「大変だ！　もう時が食われはじめている」ジタンはつぶやきました。

「こわいよう！　お空がかじられてるよう！」

リスのマフィットが大声で泣きさけぶと、恐しさに息をひそめていた動物たちも口々に騒ぎはじめました。

「どうなってるんだ、これは」

「ジタン、なんとかしておくれよ」

「昼が夜に変わっていくぞ」

「アルスの虫のせいだろ」

「ダヤンがつれてきたんだ」

「ダヤンはどうした」

「ダヤンはどこにいるんだ」

「ダヤンはここにいるよ」

みな時計台ばかり見上げていて気がつきませんでしたが、いつの間にか石の広場の真上に月がぽっかり浮かび、月のおばさんとダヤンが見おろしていました。

「さあ、みんな、どいたどいた。今からアルスの猫がアルスの虫退治をするんだ」

みな、わらわらと石段を降りていき、ジタンが叫びました。

「ドク、油を一缶持ってきてくれ」

月のおばさんは糸切りばさみを取りだすと、いかだをつないでいた糸をぷっつりと切り、「ジタン！」と叫んで、糸切りばさみを投げました。

身軽にそれをかわしたジタンは、石の上に落ちたはさみを拾うと、いかだにまきつけてある糸を切りはじめました。

そして「イワン、起きるんだ」と言って、イワンのお腹をはさみでつつきました。

「イテテッ何するんだ」イワンは飛びおきました。

「イワン！」月のおばさんの叫ぶ声でイワンが上を向くと、そのイワンに向かって、おばさんは今度はダヤンを投げつけました。

イワンはがっしり受けとめました。

「やあ、イワン。おはよう」ダヤンは言いました。

「さあ、イワン、油をひまつぶしの枝にまいてくれ」ドクの持ってきた油をイワンに渡して、ジタンは言いました。

「ダヤン、火をつけるんだ」

もう自分の役目は終わったと思っていたダヤンは、急にマッチをほうり投げられて、すっかりあわててしまいました。

そしてマッチをすったものの、なかなか火がつきません。軸を四本ほど折ってしまったあげく、五本目にやっと火がつきました。

火のついたマッチをダヤンがいかだに投げると、油のしみこんだ枝はいかだもろともゴウゴウと音をたてて燃えあがりました。

もくもくと広場いっぱいに広がった煙はいったん空高く上がっていきましたが、それからねらいをつけたように時計台のまわりのヒマナシめがけておそいかかっていきました。

大嫌いなひまつぶしの煙に驚いたヒマナシたちは、自分たちの食いちらかした夜の中へと逃げこんでいきました。

ひまつぶしの煙もヒマナシを追って夜へ吸いこまれていき、夜空はだんだん小さくなって、煙がおさまると、何事もなかったかのように元の青空が広がりました。

信じられないように空を見上げていた動物たちは、だんだんと石の広場に戻ってきました。

「ダヤン、バンザイ」誰かが小さな声で言いました。

「ダヤン、バンザイ！」

「イワン、バンザイ！」

「タシルの街、バンザイ！」

広場がわきかえるような喜びの声は、暮れなずむタシルの街に広がっていきました。

「ああよかった。おばあちゃん。ダヤンはやりとげたのね」

目を丸くしておばあちゃんの話をきいていたリーマちゃんは言いました。

「それにタシルの〈時〉は守られたのね。もうヒマナシはこない？」

「そうだね。その後、噂はきかないね」

「時を食っちゃうなんて、そんな悪い虫が地球にいるのかな」

「人間たちはもうヒマナシには免疫《めんえき》ができてるからね。ヒマナシごときではびくともしないのさ。さあもう寝ようよ。明日はうちへ帰るんだよ」

ベッドに入ってからもリーマちゃんは、何かが気になって眠れませんでした。

「ダヤン、すごくよくやったよね。それであの……」

リーマちゃんは口ごもりながら言いました。

「あの、ジタンは何か言ってなかったの」

〈おやおや〉おばあちゃんは声をたてずにクックッと笑いました。

〈この子はジタンにあこがれてるんだね〉

「もちろん。ジタンは言ったさ。ジタンの言葉を、ダヤンは宝物のようにしまっていたよ」

「えっ、なんて言ったの？」リーマちゃんはベッドから起きあがると身をのりだしました。おばあちゃんも枕から頭を上げると、リーマちゃんの方に向きなおり、まるっきりジタンのような声で話しはじめました。

なにしろおばあちゃんは元魔女だけあって、変わり玉のように声を変えてしゃべることができるのです。

「ダヤン、タシルの時を守ってくれてありがとう。やっぱり、君は僕の思ったとおりの猫だったね。それに、とてもみんなに好かれてるんだね。自分では気がつかないかもしれないけど、君はほんとはすごい猫なんだよ」

リーマちゃんはまるで自分がジタンにそう言われているような気がして、照れてエヘンエヘンとせきばらいをしました。

「それで、おばあちゃん、ダヤンは何て言ったの」

おばあちゃんはクックッと笑って言いました。

「おまえと同じさ。うれしがっているのをかくそうとして、エヘンエヘンとせきばらいをしていたよ」

この作品は一九九九年八月、ほるぷ出版から刊行されたものです。

中公文庫

ダヤン、わちふぃーるどへ

——わちふぃーるど物語《ものがたり》

2002年10月25日　初版発行
2009年12月25日　再版発行

著　者　池田《いけだ》あきこ

発行者　浅海　保

発行所　中央公論新社

〒104-8320　東京都中央区京橋2-8-7
電話　販売 03-3563-1431　編集 03-3563-3692
URL http://www.chuko.co.jp/

印　刷　精興社（本文）
三晃印刷（カバー）

製　本　小泉製本

Published by CHUOKORON-SHINSHA, INC.
Printed in Japan　ISBN4-12-204113-9 C1193

う-9-5
ノラや
内田百閒
ある日行方知れずになった野良猫の子ノラと居つきながらも病死したクルツ。二匹の愛猫にまつわる愛情と機知とに満ちた連作14篇。〈解説〉平山三郎
202784-8

く-20-1
猫
クラフト・エヴィング商會
井伏鱒二／谷崎潤一郎 他
猫と暮らし、猫を愛した作家たちが思い思いに綴った珠玉の短篇集が、半世紀ぶりに生まれかわる。ゆったり流れる時間のなかで、人と動物のふれあいが浮かび上がる、贅沢な一冊。
205228-4

こ-1-16
猫大名
神坂次郎
わずか百二十石の大名、猫の絵を描くのが得意な岩松満次郎俊純の活躍を中心に、幕末から明治維新にかけての激動の時代を描き出す。〈解説〉縄田一男
205109-6

た-77-1
シュレディンガーの哲学する猫
竹内薫
竹内さなみ
サルトル、ウィトゲンシュタイン、ハイデガー、小林秀雄——古今東西の哲人たちの核心を紹介。時空を旅する猫とでかける、「究極の知」への冒険ファンタジー。
205076-1

て-1-10
猫の縁談
出久根達郎
猫と古本と古本屋の摩訶不思議な物語。古本一筋の古本屋と古本世界の奇妙な人びととの交流を、抑えたユーモアで描く、はじめての作品集。〈解説〉池澤夏樹
205172-0

ト-7-2
猫、この知られざるもの 心理と神秘
ドゥハッス
塚田導晴 訳
その身体能力、行動学、問題行動への対処法から超常的なエピソードまで。最も身近で最も神秘的な生き物猫の謎を解き明かす総合的「猫学」の名著。
204052-6

の-10-1
猫のほんね
野矢雅彦
植木裕幸
福田豊文 写真
わがままで気まぐれに見える猫たちも、本当は気持ちを伝えています。獣医さんが教える猫のことばに耳をすまして、猫ともっと仲良くなるための本。
203983-4

Pふ-2-1
長めのいい部屋
フジモトマサル
シロクマとヒツジとヒトが同じ空気で暮らす街。住人達のひらめきが、くすりと笑いを誘う。子供の正直と大人のユーモアが出会った極上のくつろぎ絵本。文庫オリジナルの4話を特別収録。
204524-8

各書目の下段の数字はISBNコードです。978－4－12が省略してあります。

Pふ-2-2
スコットくん　フジモトマサル
悠々自適な南極ペンギン・スコットくんは、オーロラの下で考える。なんでみんな群れたがるのか？　なぜペンギンは空を飛べないのか？　ウイットとユーモアにとんだ、氷の上の極上生活。
204671-9

ふ-41-1
こぐまのガドガド　フジモトマサル
ガドガドは三人家族。強面おとうさんとほんわかお母さんと、南の島で暮らしています。なつかしくてほっとするクマの親子の物語。文庫書下し漫画を併録。
205018-1

ほ-12-1
季節の記憶　保坂和志
ぶらりぶらりと歩きながら、語らいながら、うつらうつらと静かに時間が流れていく。鎌倉・稲村が崎を舞台に、父と息子の初秋から冬のある季節を描く。
203497-6

ほ-12-2
プレーンソング　保坂和志
猫と競馬とともに生きる、四人の若者の奇妙な共同生活。〝社会性〟はゼロに近いけれど、神の恩寵のような日々を送る若者たちを書いたデビュー作。
203644-4

ほ-12-3
草の上の朝食　保坂和志
猫と、おしゃべりと、恋をする至福に満ちた日々を独特の文章で描いた、『プレーンソング』続篇。夏の終わりから晩秋までの、至福に満ちた日々。
203742-7

ほ-12-5
もうひとつの季節　保坂和志
鎌倉で過ごす僕とクイちゃんと猫の茶々丸、近所に住む便利屋の松井さん兄妹。四人と一匹が織り成す穏やかな季節を描く。〈解説〉ドナルド・キーン
204001-4

ほ-12-6
猫に時間の流れる　保坂和志
世界との独特な距離感に支えられた文体で、猫たちとの日常・非日常という地平を切り開いた〈新しい猫小説〉の原点。〈解説マンガ〉大島弓子
204179-0

ほ-12-8
明け方の猫　保坂和志
明け方見た夢の中で彼は猫になっていた。猫文学の新しい地平を切り開いた著者が、世界の意味を改めて問い直す意欲作。初期の実験的小説「揺籃」を併録。〈感想マンガ〉大島弓子
204485-2

ほ-12-11
生きる歓び
保坂和志
生命にとっては生きることはそのまま歓びであり善なのだ――瀕死の子猫の命の輝きを描く表題作ほか、「小実昌さんのこと」併録。〈解説〉伊藤比呂美
205151-5

ま-35-1
テースト・オブ・苦虫1
町田康
会話が通じない。ひょっとしておかしいのは自分？日常で嚙みしめる人生の味は、苦虫の味。文筆の荒法師、町田康の叫びを聞け。〈解説〉田島貴男
204933-8

ま-35-2
告白
町田康
河内音頭にうたわれた大量殺人事件「河内十人斬り」をモチーフに、永遠のテーマに迫る、著者渾身の長編小説。谷崎潤一郎賞受賞作。〈解説〉石牟礼道子
204969-7

ま-35-3
テースト・オブ・苦虫2
町田康
生きていると出会ってしまう、不条理な出来事の数々。口中に広がる人生の味は甘く、ときに苦い。ちょっとビターなエッセイ集、第二弾。〈解説〉山内圭哉
205062-4

ま-35-4
テースト・オブ・苦虫3
町田康
本当のことに、少しばかりの嘘をまぜ、口中に広がる苦虫の味。「真面目すぎておかしいといわれる」ほか、癖になるエッセイ集第三弾。〈解説〉寺門孝之
205163-8

ま-35-5
東京飄然
町田康
風に誘われ花に誘われ、一壺ならぬカメラを携え、ぶらりと歩き出した作家の目にうつる幻想的な東京。著者によるカラー写真多数収載。〈解説〉鬼海弘雄
205224-6

む-4-3
中国行きのスロウ・ボート
村上春樹
1983年――友よ、ぼくらは時代の唄に出会う。中国人とのふとした出会いを通して青春の追憶と内なる魂の旅を描く表題作他六篇。著者初の短篇集。
202840-1

む-4-10
犬の人生
マーク・ストランド
村上春樹訳
「僕は以前は犬だったんだよ」…とことんオフビートで限りなく繊細。村上春樹が見出した、アメリカ現代詩界を代表する詩人の異色の処女〈小説集〉。
203928-5